JN241110

ジェーン・スー

過去の握力×未来の浮力

桜林直子

あしたを生きる手引書

マガジンハウス

過去の握力　未来の浮力

あしたを生きる手引書

スーさん

はじめに

突然ですが、誰かにこんなことを思った経験はありませんか？

「どうして、そんな言い方をするんだろう？」

「どうして、そんな受け取り方をするんだろう？」

私にはどちらも経験があります。自分が先に何か悪いことをしたのかと考えてみても、たいていの場合思い当たる節はないのです。結果、傷つけたり、傷ついたり。

同じものを見ても、見え方があまりにも違う人がいるから、こういうことが起きると教えてくれたのが友人のサクちゃんでした。どちらが正しいという話ではありませんでした。理解できない相手と私は、かけている眼鏡が違うだけだったのです。

サクちゃんとは5つ違い。そんなに長い付き合いではありません。私がブルドーザー系だとするなら、サクちゃんは省エネ系。いろいろと話すうちに、私が考えたこともなかったようなことを、気づかせてくれる存在になりました。

たとえば目の前に10個の扉があったとします。私は次から次へと開けていくタイプ。

扉を開けば、その先にまた新しい扉が用意されていると無条件で信じているからです。選べば選ぶほど、選択肢は増えていくものだと考えています。ところがサクちゃんは、そうは思わないと言う。ひとつの扉を選んだらそれ以外の扉は消滅しちゃうって。え？消滅？　それってどういうこと？

こんな風に、サクちゃんと話していると、私の頭の中は謎だらけになりました。それが興味深くて、ふたりで雑談を重ねてきました。世界は、立場によって、まったく違って見える。その違いはどこから生じるか。ＴＢＳ Podcast「となりの雑談」で配信してきた内容を、このたび本の形で構成し直しました。

ものの見方や考え方は育ってきた環境や経験に左右される側面もありますが、そればかりではありません。私たちは、他者との対話で世界の見え方を広げていけるもの。最初は何を言ってるかわからなかったサクちゃんの話も、丁寧に説明してもらえば理解ができる。サクちゃんと話すことで、それまで見たことのない景色が見えるようになりました。びっくりしました。見えるようになると、突然見えるようになる。コツを摑《つか》むと、風景が変わります。それはとても素敵な体験でした。

私の目に映るようになった世界の広がりをギュッと詰め込んだ本書、読者の皆さんのお役に立てますように。

サクちゃん はじめに

はじめまして。桜林直子です。サクちゃんと呼ばれています。

「雑談の人」という肩書きで仕事をしています。何だそれは、とお思いかもしれませんが、ここに来るまでにいろいろありました。

はじめに就いた仕事は洋菓子屋さんでした。個人経営の会社で12年ほど会社員として働きました。24歳で子どもを産み、シングルマザーとして娘を育てながら働くのに、このままでは時間もお金も足りないと働き方を変え、32歳のときに独立してクッキー屋さんをつくりました。スタッフを雇い、経営者として働くことで、無事に時間とお金をつくることはできましたが、ずっとやり続けるにはなんだかしっくりこない。それでクッキー屋の仕事と並行して文章を書いたり人と話したりするようになりました。

その頃書いていた文章が書籍になったこともあって、「私も書いて整理整頓したい」と相談されることが多くありました。わたしは書きながら言葉にすることで考えを進めていましたが、「書く」はなかなかハードルが高く、難しいと感じる人も多いようでした。そこで、「それなら、話してみるのならどうかな」と、話を聞く仕事を始めたのです。それで「雑談の人」になりました。今では、一回90分の雑談を1か月に50人くらいとしています。

スーさんとは数年前に知り合って以来、たくさん雑談をしてきました。話せば話すほど違いが明らかになり、お互いの見えているものを言葉にして伝え合うのがとても面白いのです。

わたしは過去（主に子ども時代）にしんどい出来事が多く、そのせいで視点が歪《ゆが》んでいたり、負の出来事に敏感すぎたりするクセがありました。ひとりで考えていると、それをさも「真実」かのように捉えてしまいます。

スーさんはまっすぐ素直に育ち、自分を優先できているので、他者からの悪意や、過去を気にすることはありません（すぐ忘れちゃうと言っていました）。かつてのわたしであれば「そういう人はいいよな」と、自分とは関係ないものとして線を引き、「持っていない側」に立とうとしていたかもしれません。「わたしとあなたは生きている世界が違う」と線を引き、わたしは自分のせいではなく否応《いやおう》無しに不幸な世界にいるのだとすることで安心して、「スーさんとわたしは生きてる星が違う」としてしまっていたと思います。

今では、自分の悪いクセやパターンと、スーさんの世界の見え方を並べて見比べ、「何が違うのかな」と観察するくらいの余裕が出てきました。「まったく違うね」とふたりして面白がれるのは、とても幸せなことです。

こうして雑談することを「あなたには世界がどう見えているか教えてよ」と、お互いに見えているものを交換し合うことだと考えています。

わたしたちの雑談が、読んでいる方にとっても交換材料になるといいなと思います。

「となりの雑談」が多くの人に届きますように。

サクちゃん

エネルギー値が低い

必要以上に頑張ると必ず倒れる。エネルギー値が低いことを理由に諦めるのは嫌なのでエネルギーがないなりの省エネのやり方を身につけてきました。

スーさん

エネルギー値が高い

体格や声の大きさが平均と言われるところより大きいのが幼い頃はコンプレックスでした。体力には自信がある方だし、馬力も効くので、自分の出力数にはいつも注意してます。過剰と思われかねないので！

スーさん

カメラは私

世界を捉えるカメラは自分についているイメージ。つまり中心に自分がいて、自分を中心にして世界が動いていると言ってよし。主人公は私。

サクちゃん

俯瞰のカメラ

世界を捉えるカメラは上の方から俯瞰《ふかん》で撮っているイメージ。自分は大勢の登場人物のうちのひとりなので、世界の動きから影響を受ける。

カメラの解像度が細かい

世界の動きから影響を受けて生きているので、搭載しているカメラの解像度は細かい。繊細なところもキャッチする。事前の危険察知力は高い。

カメラの解像度が大きい

自分を中心として生きているので、世界の影響を受けずらい。解像度の大きいカメラで十分対応可能。受け止め方は、関心事以外はざっくり。

こんなに違う二人が
大人になって友達になった。
そして雑談を始めた。

目次

II ライトをどこに当てる？ 設定は変更できる？

III わたしが編み出した方法

IV 快適に生きてる？

I

欲しい？
欲しくない？

1 サクちゃん×スーさん わたしの辞書には「欲しい」がなかった

サク　スーさんは悪意を汲《く》まない人だよね。

スー　そうそう、昔から。あとから「あれ？　嫌味言われてた？」って気づくことがたしかに多い。遅いよね。性格的におめでたいところがある。

サク　わたしは悪意センサーが敏感なんだよね。あの人ヤバいかもとか、避けた方がよさそうとか、早めにわかる。うまく使えばいいこともあるし、キャッチしすぎてるなと思うこともある。

スー　あくまで結果論だけど、私の場合は悪意をキャッチできないからスルーできることも多いし、相手が私を恣意的に下に見ようとしたところで響かない。鈍感だなあ、と思われてることもあると思うよ。回避能力が乏しいからヤバい人に突っ込んでっちゃうこともあるけど、それで大惨事が起きたこともないから、まぁいいかなと思ってる。

明確な悪意も世の中にはあるけれど、**本質的には受け手がどう取るかの問題**なんだと思ってて。だから、こっちにコンプレックスがあったり過敏になってると、悪意のないところに「悪い」って色をつけてしまうこともある。「その言葉と態度、私に向けられた悪意として認定します」みたいな感じで感情を差し押さえてくる人がいるけど、いやいやそれ全然違うよって思うこともなくはないよね。

これが万人にとっての真実です、ではなくて、その人にとっての真実でしかないから。**どこに光を当ててるかで物事の見え方がずいぶん違う。**

サク　その人にはそう見えているっていうやつね、いわゆる**認知の歪み**。みんなそれぞれ歪みがあるからね。

スー　誰にでもあるよね。私も含めてオール認知歪み。飲み口が欠けたコップを出されてもまったく気にしないか、そういうコップを出された自分は疎まれてる、バカにされてると認識するタイプか。そういう違い。

自分が粗末に扱われたと繊細に受け取る人には、自尊心が削られてきた過去があることが多いと言うけれど。

サク　そう、そのあたりのことを話したい。ちょっと子どもの頃の話をしていいかな。

わたしは「みんなはしていいけどあなたはダメ」と言われながら育ったのよ。どういうことかというと、たとえば、わたしは三姉妹の真ん中なんだけど、姉と妹は次の日学校が休みの土曜の夜は遅くまで起きていてよくて、みんなで深夜の番組を見ようっていう楽しみがあった。だけどわたしだけはなぜか夜8時すぎには寝なきゃいけなかったの。

スー え？　サクちゃんだけ？　なぜ？

サク 親も、意地悪しようとか、わかりやすい悪意はなくて、この子はテンションが上がるとうるさいからって、そういう理由。たしかにわたしは調子に乗りやすかったから親の配慮もわからなくはない。けど、そういう小さな扱いの違いが重なって、他の人はしていいけど「わたしはダメ」が家の中では当たり前になったのよ。そうすると、がっかりしないようにあらかじめ「どうせダメだろうな」って諦めるのがクセになるんだよね。

スー そりゃキツいよね。幼少期に「あなたはダメ」と言われて育つと、大人になって誰ももうダメなんて言ってないのに「これ欲しい」「あれしたい」が素直に言えない人になっちゃうってサクちゃん言ってたね。

サク そうなの。「わたしはダメ」っていう設定をとっくに外していいのに、大きくなってからも、諦め癖が残っちゃった。諦めるのが最善、なぜなら願っても無理だから。そういう思考がしっかり身についてしまったのよね。それを続けていたら、気づくと、手持ちのカードがあれもないこれもないって本当に何もなくなってた。

スー 手持ちのカードって?

サク あれをやってみたらどうだろう? こっちはどうかな? っていう可能性だよね。わたしの場合、そうした可能性が自分にあるということ自体、知らなくて。知らないっていうか、可能性があると信じられないっていう感じかな。実際に目に見えているものだけで「これしかないから仕方がない」みたいな感じでやってた。

スー 私は目の前に10個の扉があったら、開けたい扉からどんどん次々開けていくタイプ。サクちゃんは?

サク わたしは1個選んだら、他の扉は消滅するって思うタイプだった。だからその1個もなかなか選べなかった。

スー え? それってどういうこと?

サク そもそも自分に対して幾つもの扉が用意されていると思えなかったんだよね。

選ぶという感覚がない。しょうがないから「この扉」でいくしかない、みたいな、そういう感覚。

スー　自分で選ぶという感覚がなくても、人生って進んでいくの？　逆に新鮮かも。私にはやりたいことも夢も目標もないけど、それでも選ぶ感覚はしっかりあるな。主体は自分っていうか。**選べば選ぶほど、可能性は広がっていくって思ってるし。扉を開けたら、そこにまた新しい扉がドドーンと幾つも出てくる感じ。**常に新しい扉が用意されていると根拠なく信じてる。選ぶの面倒くさいなーというのは何度もあったけど。そういう場面に出くわすと、サクちゃんはどう思うの？

サク　隣の人が楽しそうにカードを選んでいても、いいなとか羨む気持ちもあまり起きなかった。

スー　それもないの??

サク　いいなーって羨むのは虚《むな》しいのよ。自分とは関係のない、別の星のお話だって割り切る方が楽だから、そう割り切ってたのかも。

スー　それはある種の処世術だね。そのときどき最善を尽くしてきただけで、たどり着いた先が「昔からたどり着きたいと思っていた場所」ではなかったってサク

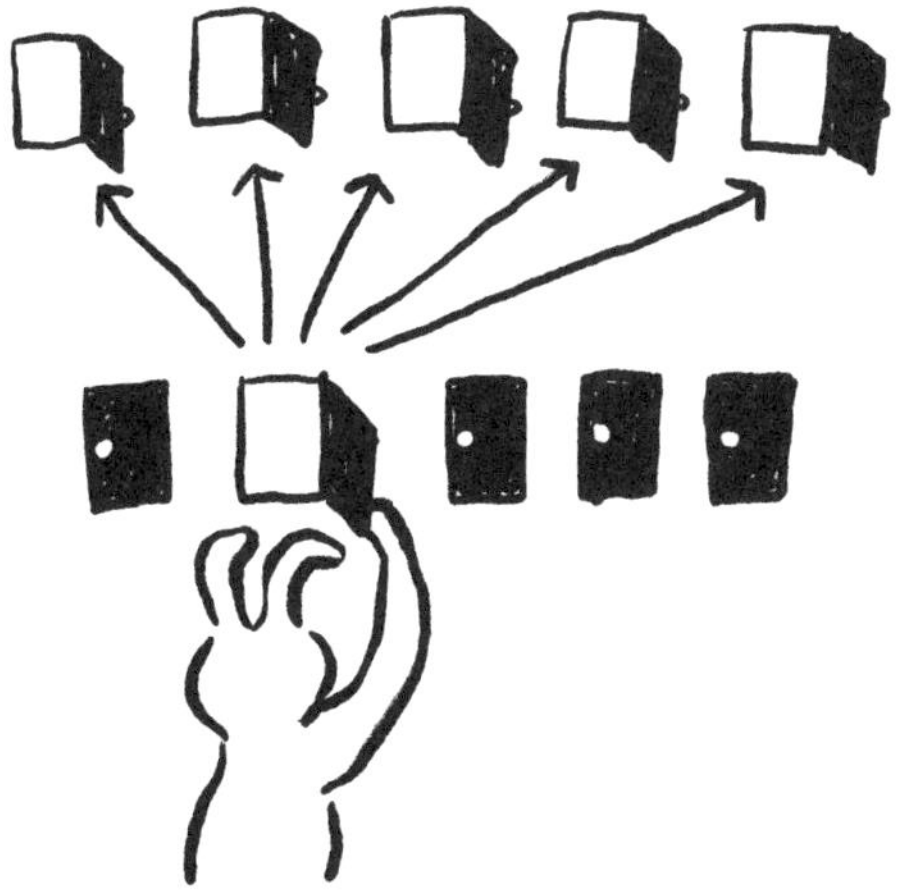

選べば選ぶほど可能性は広がっていく

1個選ぶと他の扉はなくなってしまう

ちゃん言ってたけど。

サク　そう。幼い頃から将来の夢を聞かれても、わからなすぎて答えられなかったのね。未来に旗を立ててそこに向かって進むというやり方を知らないから。目の前にあるカードだけで進んでると、自分がどこに向かってるかわからなくなるのよ。気づいたら、あれ、なんでここにいるんだっけ？　って。

ラーメンの一蘭ってあるじゃない。あれと一緒。個人ごとのカウンターに座って、周りを見ないまま、ただ前を向いてる。

スー　味集中システム！

サク　羨ましくなるのがイヤだから周りを見ない。

スー　本来は夢を叶えたい人が夢集中システムを採用するのにね。お互い夢を持たないタイプなのに、背景があまりにも違うな。サクちゃんは周りを羨まないために目の前を見て過ごしてきたのか。

サク　そのときはわかってなかったけど、**欲を持たず行き先を決めないまま進んでると、気づくと望んでもない場所にたどり着いてることがあるのよ**。でも、どこにたどり着いても、そのことを誰のせいにもできない。結局、全部自分で責任を負わないといけないんだよね。

スー　そのシステムでやってくのはまずいって気づいたのは何歳くらい？

サク　33、34歳の頃かな。そのときは「まずい」というほどの自覚はなかったかな。いい匂いのする方に進めば、目的地を決めなくてもいい場所に行けると思っていたのに、実際はどこにいても不満ばかりで、あれ？　おかしいなって感じだったの。このままだとこの先もいい場所に行けないのでは、と気づいて立ち止まったの。今さら未来に旗を立てるやり方はできないけど、ちょっとずつやり方を変えていこうと思った。どこに行きたいか、どうなりたいかを決められないのは、「どうせ望んでも無理」と思っていたからなんだよね。それなら「望んでよし」って、自分で自分に許可を出せば、行きたい場所に行けるかもって思い至ったの。

スー　自分に自分で許可を出すようになった話、詳しく説明してちょうだい。

2 サクちゃん 諦めの呪いを、許可でとく話

欲しいものを欲しいと言えない環境で育ったわたしが苦手だったのが「将来の夢」です。「将来何になりたいですか」とか、「今後の目標は何ですか」という問いかけに、いつも答えられませんでした。まだ見つかっていないという感覚とは違い、未来にいいことが待っていると思えず、ただただ「わからない」としか言えませんでした。夢や目標という本来あるべきものが「ある人」と「ない人」の「ない人」側にいつも振り分けられて、自分に欠陥があるように思えて自信をなくすことがしばしばでした。

「ないものはないから仕方がない」と諦めるのはもはや自分のクセで、自分の欲や望みがよくわからない。このままでは行きたい場所に行けることは一生ないと、突如気がついたのが30代半ばです。目の前の問題に対処し続け、その結果「あれ、ここ来たかった場所じゃない」となるのはもうこれ以上は嫌だな。強くそう思いました。

そこでひとつの仮説を立てました。

わたしは夢も目標もないし、「あれが欲しい」と言えない。それは、「望んでもどうせ手に入らないから」と早々に諦めて、自分で「欲しい」と認めることすらできないからでは？　まず「欲しいって言っていいよ」と許可したら言えるんじゃないか？　と。

自分にもともと備わっている性格や性質を変えるのは難しいけれど、自分の中に「やり方」の仕組みを導入すれば、性格は変わらないまま行動を変えられる。あとはやるだけ。それならできそうに思えました。

当たり前のように「これ欲しい」「あれやりたい」と言える人が〝ネイティブ素直〟だとすると、あとから頑張って自分の欲を知り、外に出す努力をするのは〝クリエイティブ素直〟。「素直じゃない」と言われ続けたわたしが後天的に素直になれるかどうかの実験のようなものでした。

具体的に何をしたかというと、**「じゃあどうしたいの？」という問いを自分に投げかけました。**

たとえば、困ったなという局面は生活していると大なり小なりあるものですが、わたしの場合、「まあしょうがないか」と、限られた手の中のカードで解決するのがおなじみの処し方です。そこで、実験として、「どうすればいいか」と対処する前に「どうしたい？」「どこに行きたい？」としつこく問いかけてみることにしました。すると、はじめは「どうせ言っても叶わない」という声が邪魔して、どうしたいかを出すのが苦しく、怖いと感じました。それでも、「叶わなくても言うだけはタダだから」「何を望んでも誰にも迷惑かからないから」と、騙《だま》し騙《だま》しハードルを下げると、「本当はこうしたい」「あっちの方角に行きたい」が少しずつ湧き上がってくるようになりました。

問いがなければ「仕方がない」の精神で物事を進めてしまうところを、あえて一旦立ち止まる。「本当はどうしたいんだっけ?」と、自分にワンクッション挟み込む。

いつも「仕方がない」と諦めることで進んできたけど、「望んでOK」の許可を出すと、少しずつ自分が望むものが見えてくるようになりました。不思議ですよね。自分のなかにも「こうしたい」「あれが欲しい」「こっちの方向に行きたい」という願望がちゃんとあったんです。なかったのではなくて、無視していただけだったのですね。望む方向が見えると、当然ながら、そちらの方向に向かって人生のハンドルを切れるようになります。

それまでは、周りを見渡すこともなく、ひたすら目の前の少ない選択肢に向かってきました。素敵な人を見ても「自分には関係ないことだ」と、羨むことすらできませんでした。でも、望めばできる、手に入る可能性があるという感覚を得て、むしろ**望まないと手に入ることはないのだ、選択肢は自分で増やすものなのだ**とそのとき初めて知りました。目の前の世界が拓《ひら》けたようでした。

いつも「素直じゃないね」と言われてきました。「欲しいものは？」と聞かれた際に何も答えられないからです。答えられないと、「本当は欲しいのに欲しくないふりをしてる」と受け取られてしまう。でも本当のところ、答えられないのは欲しいものが自分でもわかっていなかったからだと今ならはっきりと言えます。

欲をまっすぐ出せない「素直じゃない人」だったのではなく、その手前で、欲を許可できない、自分でも知らない状態だったのです。

自分に許可を出せるようになってからは、欲しいもの、望むものがわかるようになって、わかりさえすれば、素直に口にできるようになりました。

3 スーさん 夢のトラップにハマってない？

私はこれまであちこちで「**自分の欲望をナメるな**」と書いたり話したりしてきました。これはどういうことかと言うと、「欲しいものがわからない」「したいことなんてない」という人にも、心の奥底に「やりたい」「やりたくない」などの欲望があり、それらをないものとすると、あとから大きな負債になりかねないと思うからです。大きな負債とは、俗に生きづらさと言われるものです。

ところがサクちゃんと話すなかで、欲望にはもうひとつ手前の段階があることを知りました。**自分に欲望があるということを認め、欲望を持つことを許可する段階**。そのステップを踏まないと自分の欲望にたどり着けない人がいることを、私はサクちゃんから教えてもらいました。びっくりした。そうか、自分で自分に規制をかけているのか。そういうこと、私も過去にしていたことがあります。「私なんかがこれをやったら恥ずかしい」とかね。

「欲望」を綺麗に言うと「夢」になると思います。「将来、モデルになりたいという夢があります」と言った方が、「将来、モデルになりたいという欲望があります」と言うより耳心地が良い。これは一般的に「欲は持つと恥ずかしいもの」と思われているからでしょう。そんなことないのにねえ。

さて、夢がある方がいいという言説が世の中には溢《あふ》れていますが、正直なところ私自身、夢がありません。でも、それで全然困らない。自分のことを情けないとも思いません。生きていく上で欲望がないわけではないのです。将来叶えたい「夢」は特にないというだけ。やりたくないことはすごくハッキリしています。これも欲望のひとつ。でも、たまに「やりたくないこと」を棚卸しして、やってみて「意外と楽しかったな」と発見したり、「やっぱりこれは私がやりたいことではないな」と納得したりしています。楽しいです。

RHYMESTERの「ONCE AGAIN」という曲の中で、宇多丸さんは「『夢』別名『呪い』」とラップしています。夢は時に自分を縛る呪いにもなりうるという意味だと、私は理解しています。負けている賭け事から降りられなくなってしまうような状態も、そのうちのひとつだと思います。そもそも、夢がある人の方が志が高いように見えたり、夢がないというだけで残念な人扱いを受けたりするのって変な話。だって他人の人生じゃん。夢に向かって努力をする人は素晴らしいし、邪魔にならない程度に応援したいけれど、そっちの方の価値が高いとされることに、私はとても懐疑的です。なぜなら、夢トラップ（罠）があるからです。

「夢に向かって頑張っています！」

そう言うだけで、周囲から素晴らしいと賞賛されるでしょう？　時に、人はその状態に酔ってしまうんだな。叶えたいという主体性よりも、周囲からどう見られるかに意識がいってしまう。また、「夢がある！」という状態は居心地がいいので、そのままモラトリアムに突入してしまうこともある。

で、具体的に何をしているの？　と行動を見てみると、特に何もしていないというか、まあ「夢に向かって頑張ってる」って言いたいだけでしょ、それ。みたいなことがないとは言えない。恐ろしいのは、自分ではそこに気づきづらいことです。

夢があることを公言すること自体はなんら問題がないと思います。でも、そこに他者の目（周りからどう見られるか）を介在させてしまうと、本当はそんなにやりたくなかったとあとから気づいても「夢、追いかけるのやーめた！」と言うのに勇気が必要になってしまう。自分と夢が一対一の関係にあれば、それを持ち続けるも手放すも自分次第なのだけれど、夢があると言ってしまった手前あとに引けない状況に陥ってしまうと、夢は呪い。

夢は小さく分解して「目標」くらいにしておくのが、夢のトラップにハマらない秘策だと思います。**分解した方が、欲望はハッキリしてくるから。**夢なんかあってもなくてもいいし、でも自分の欲望は「やりたくないこと」を含めてわかっていた方がいいし、でも**「やりたくないこと」もたまに棚卸ししてトライしてみる。**そういう微調整が生きやすさにつながってくると私は思うのです。

4 サクちゃん×スーさん 「やりたいこと」を邪魔するもの

サク 「わたしの辞書には『欲しい』がなかった」って話をしたじゃない。「欲しい」は本当は誰にでもある感情なのに、蓋をしていると、出てこなくなってしまう。わたしは自分に許可を出すことで「欲しい」を取り戻したという話をしてきたけど、似た話で「やりたいことがないんです」という相談を受けることがあるの。「やりたいことがない」ってどんな状態かというと、欲が出てこないように何かが邪魔しているっていうのがわたしの仮説なので、いったい何が邪魔しているんだろうねってところから話を始めるんだ。

スー その仮説面白いね。私もやりたいことは特にない派だけど、それでいいと思ってる。でも、もし誰かに「やりたいことが欲しい」という相談を受けたら、やりたいことを見つけるために何をすればいいかを考えるな。先に進むために行動を起こすイメージだけど、サクちゃんの場合は「やりたいことがある」の前

何かが邪魔をしてて
「やりたいこと」が出てこない

の段階に注目するという発想ね。

サク　「やりたいこと」が出てこない状態というのは、**何かが邪魔をしていると仮定してみる。**　邪魔してるのは何なのかを探り出す作業だね。

スー　「欲しいものが言えない」という状況に対して「欲しいと思っていいよ」って許可を出す方法をさっき教えてもらったけど、「なぜ欲しいものがないか」「なぜやりたいことがないか」という、「ある」はずのものが「ない」ことになっているのはなぜか、手前の段階をより掘り下げていくということなのね。

サク　順を追って話すと、わたしが最初に「やりたいことがない」ことについて考えたのは30歳手前くらい。それまでは目の前の限られたカードだけでやってきたし、「やりたいこと」なんて考える余裕もなかったんだよね。でも、自分の子どもが小学校に上がるタイミングで、このあとざっと10年、15年をどうやって稼いでいくかという、大きな課題が目の前に立ちはだかったの。お金をちゃんと稼がないといけない。けど学歴はない、シングルマザーで家事も育児もひとりでやらないといけない、時間もない。かといって夜中まで働くとかは体力もないし、したくない。どうしたらいいんだろうって2年間くらいめちゃくちゃ真剣に考えたのよ。絶対に何かを変えないといけないというのはわかっていた。

お金が必要、時間も必要。やっててつらくなくて続けられる仕事って何だろうと考えていたら、**自分の性格や性質を無視できない**ってことに気がついたの。

スー　世の中には**お金は稼げるけどつまらない仕事**と、**お金は稼げないけど楽しい仕事**とがあるじゃない。まあ人によってそれぞれ異なるものだけど、その究極の二択の間にグラデーションがあって、たいていはその間で選ぶことが多いんだろうな。たしかに、もっと全然違う軸もあっていいはずだね。**性格や性質によってしっくりくる職業や働く形態のバリエーションがありそう**。

サク　そうなの。そのときはとにかく決定的に自分に不足しているお金と時間をどう得られるかを最優先課題としたのね。で、出した結論が、会社を辞めて、自分で仕事をつくるということだった。お菓子屋さんで働いてきた経験を活かしながら、やることは変えずに、自分が経営者になることにしたの。働く時間を自由に決められて、お金もより稼げるようになった。

スー　サクちゃんがすごいのは、とにかく我武者羅《がむしゃら》にやろうとしたり、無理やり我慢したりしないこと。自分のでこぼこ状態を正面から受け止めてるところだよ。

サク　わたしは学校が苦手だったんだけど、学校ってでこぼこを平らにならそうとするじゃない。でも、生きてく上では**でこぼこの状態をよく知ることの方が大事**

だといつも思ってるんだ。**でこぼこを活かすにはどうするか。**それを考えるのが好き。「**不満は財産、不安は鍵だよ**」と言ってて、不満も不安もよくないものとして言われがちだけど、「こうなると満足」「こうなったら安心」に変換すると道が見えてくるでしょう。**不満や不安がある状態は、どうしたいかがわかるヒント**だし、いい方に変えられるチャンスだと思うんだ。

スー　満たされてないところ、足りないところを探すことでそれを乗り越える方法が見つかるってことだね。

サク　**不満や不安を見つけてひっくり返す。**影の部分を見つけて、光がどこから射《さ》してるか、光を見つける感じ。**「ない」ものから考え始めるクセ**があるなー。

スー　やりたいことがない人は、どうして「ない」のか理由を探してみるといいってことだね。

サク　ないものや満たされてない部分って、正直、あんまり直視したくないよね。でもそこをあえてじっくり観察する。結構悪趣味かもしれないね。

スー　30歳手前のサクちゃんにとって大きかったのは、経済的な不安だったわけだよね。独立でお金の問題は解決したとして、その後に「やりたいこと」が見えてきたってこと？

サク　それが、すぐには出てこなかったよ。「欲しい」に蓋をしてるのに慣れきってしまっていたからだと思う。だけど、「なんか違う」という違和感はずっとあったから試しに書き出してみたんだよね。「これが好き」「あれをやってると楽しい」「これをしたい」って具合に、小さな欲から順番にノートに挙げていった。深くは考えないでとにかく項目を書き連ねていくの。わたしの場合、明らかにお金のないことが「やりたいこと」を邪魔していたので、お金の面で余裕がでてきてから、いざ書き出してみると、「やってみたいこと」「やりたいこと」が見えてきた。

結果的に見ると二段階右折みたいな流れだね。一段階目で経済的不安に対処したでしょう。困っていることを困ってない状態にするのが、一番先。それが解消したところで「やりたいこと」の二段階日。時間をかけて少しずつ、少しずつ、だったね。

スー　**経済問題が解決したからこそ、やりたいことが見えてきた**ってところが重要だね。

サク　お金にならないことにも時間を使っていいという状況ができたことが大きいね。とにかく**余裕が不可欠。**パンパンキツキツだと何も入らないから。時間もお金もまず余裕を持たせて、**余白をつくったら初めて新しいものが湧いてくる**んだと思うよ。

スー　「好きなことをやってお金を稼ぐ」のがベストみたいな風潮あるけど、人それぞれの事情やタイミングがあるね。「やりたいこと」が即仕事になる人もいれば、まずは必要なお金を確保してからの人もいるかもしれない。それぞれの事情で、それぞれのタイミングで、やりたいことや好きな仕事を見つけていけるといいね。

5 サクちゃん 自分を知るワーク

10代で社会に出たわたしは、仕事は「嫌なことをしてお金をもらうこと」だと思い込んでいました。仕事に「楽しい」という要素が入り込む隙間がありませんでした。もちろん好きなことで稼いでいる人もごく一部にはいるということを知っていたものの、ほとんどの人にとって関係のない特別な人だけができることだと思っていました。実際のところ、嫌なことをしてお金をもらう「仕事」は、続けるのが難しく、無理をして我慢ばかりしていると体や心を壊します。長く続けるためには自分が好きなことをするしかないのだと思います。

好きなことをすると言っても、職業名で探したところで、やってみなくては自分が本当に好きかどうかはよくわからないものです。それよりも、**なぜかこだわってしまうこと、時間を忘れて熱中すること、得意なことは何か、どういう立ち位置が向いているかなど、**自分の性格や性質と向き合ってみるといいと思います。

漠然と「自分と向き合う」では難しいかもしれないので「自分を知るワーク」をつくりました。４つのワークに分けて、他人事のように自分を観察してみませんか。「自分はこうだ」と思い込んでいるものを、「本当にそうかな？」「なんでかな？」と解きほぐし、細かく分けながら見直していくと、自分でも気づかなかった自分の一面や傾向が見えてくるかもしれません。

ワーク1
感情を知る

好きなこと／うれしいこと／したいこと／楽しいこと
嫌なこと／苦手なこと／避けたいこと／苦痛なこと
をそれぞれ書き出す。名詞だけでなく動詞も。

自分がアガるポイントとサガるポイントを書き出し、知る。

ワーク2
性格や性質を知る

もともと持っている自分の性格や性質を書き出す。

変えられない持ち物を書き出し、知る。

ワーク3

できることを知る

できることを書き出す。

できることというのは「靴紐《くつひも》を結べる」レベルから全部書く。なるべく細分化して、できることをたくさん挙げる。さらに、それらをできるけど、嫌なこと／できるし、やってもいいこと、に分ける。

自分が今まで身につけてきた持ち物をなるべく細分化して書き出し、知る。

ワーク4

生活を知る

時間とお金の使い方について、現状を書き出す。

時間とお金を、何にどのくらい使っているかを具体的に書いてみる。

その後、希望や願望／不満を書き出す。

限られたものの使い道や優先順位を考え、知る。

4つに分けると、書きやすい項目となかなか出てこない項目があるはずです。書きづらいところは空欄のまま進めてOKです。このワークは、一気に完成させるのが目的ではなく、4つをぐるぐる回りながら、ある程度の時間をかけて書き続けることが重要です。ひとつ項目が書けると、そこから別の書けることが見つかって循環していきます。

たとえば、ワーク1で好きなことがわからず書けなくても、ワーク4で時間とお金の使い方の現状を書いていたら、「もっと本を読む時間が欲しい」と不満が見つかり、「本を読むのが好き」とわかることもあります。また、ワーク3で「できること」が書けなくても、ワーク2の「性格や性質」で「おせっかい」と書くと、おせっかい由来でできること（人の話を聞くことや後輩の教育など）が思いつくこともあります。

このワークの裏テーマは、書きづらい項目を見つけることです。書けないとき、なんで書けないのか、何が邪魔してるのかを考えるきっかけになります。

わたしは、自分のしたいことを書くときに、いまいちよくわからないとペンが止まりました。わかることと言えば「イヤなことがたくさんある」ということだったので、先に何がイヤかを書き出してみました。たとえば、会社員の頃、決められた時間に働くのがとてもイヤでした。他に大事な用事があれば優先したいのに、それができないのが苦痛でした。「イヤ」というネガティブな要素からも自分の性質や大事にしたいことが見えてきます。ネガティブな感情は決して悪いものではなく、あるもの全部が自分を知る材料になります。イヤなことの裏には常に大事にしたいことがあるので、**イヤなことがわかると自分の得意なことややりたいことも浮かび上がってきます。**

実際に、決められた時間に働くのが大きなストレスだったわたしは、定時で働く会社勤めを辞め、自分で働く時間を決められるようになったことで仕事が以前よりもずっと好きになりました。

仕事というと収入を重視し、それ以外を諦めざるを得ない面もあるかもしれませんが、**長い目で見れば自分の性格や性質に合った仕事に就くというのも大事なことです。**仕事にどのくらいの時間を使うかも、どのくらいの収入が必要かも人によって違います。一般的な〝いい仕事〟を探すのではなく、まずは**自分をよく知り、オリジナルの希望を見つけ、それを叶えられる仕事を探す**といいのではないでしょうか。

6 スーさん 私と仕事

新卒で入った会社を含め、会社員として3社を経験しました。大手レコード会社、28歳くらいで転職した外資の同業他社、31歳で異業種に転向し、ベンチャー企業を経験します。独立したのが35歳くらい。実家の自営業を手伝いながら、元同僚が立ち上げた音楽制作会社の仕事を業務委託で受けるようになります。最初は紙資料作りをやっていたけれど、だんだんと作詞や音楽プロデュースなどに携わるようになって、コラムを書く仕事もこの頃から声をかけてもらうようになりました。そしてラジオの仕事も舞い込んできた。きっかけは大学時代のサークルの縁でした。最初の本を出したのが40歳のとき。

子どもの頃から「みんなと同じ」が苦手でした。インディペンデントなかっこいい子どもだったわけではなくて、「みんなと同じ」をやろうとしてもうまくできない。ちょうどいい塩梅《あんばい》がわからず、出力過多な子どもだった記憶があります。考えなしにやると、想定されている枠内にうまくフィットできないのです。結果的にそれが強みになった部分はあるけれど、集中力に欠けているので勉強も受験勉強も楽しみ方がわからず、決して得意な方ではありませんでした。高校も大学も、第一志望の学校に入れた試しなし。

会社員時代は会社員時代で、まるで出世欲がありませんでした。出世しても自分の人生が面白くなるとは思えなかったから。私はとにかくつまらないことが苦手なので、自分に与えられた仕事をいかに面白くするかに注心しました。

35歳から本業が何だかよくわからない状態になった結果、いつしか書く仕事としゃべる仕事に流れ着いたわけですが、節目節目で仕事を受けるか迷ったこともあります。そういうときは、「信用できる人からのお声かけなら、興味がなくても一応受けてみる」スタイルでやってきました。やったこともやりたいと思ったこともなかった作詞の業務に携わるようになったのも、信頼できる元同僚からの発注だったからです。他の人からだったら、受けなかったかもしれません。

信頼できる人というのは、敬意を持てる仕事実績がある人。そして、その人と仕事をして嫌な思いをしたという話を聞いたことがない人。そういう人たちが、私の人生の船頭になってくれたと言っても過言ではありません。ラジオもそうです。信頼できる人から「この船に乗る？」と尋ねられるたびに乗り継いできたら、ここまで流れ着いた感じです。

目指してこの場所にたどり着いたわけではないけど、自分の性質や性格を考えると合ってる職業だと思います。**書く仕事は「やりたいこと」で、しゃべる仕事は「向いてること」**です。市況にもよりますが、往々にして「向いてること」の方が稼げます。と言いつつ、私には面白いかどうかですべてを決めてしまう悪癖があるので、お金のことは二の次になります。2社目から3社目のベンチャーに移ったときはお給料が前の3分の2くらいになりました。だって、楽しそうだったから！　もちろん生活するのに必要なお金は稼がないとならないけど、それ以上のところはお金じゃなくて**楽しいかどうか。やりたいかどうか。好きかどうか。好奇心が原動力でやってきました。**

原動力が好奇心であることは崇高なことでも何でもないので、**それぞれが自分の原動力を見つけたらいい**と思います。とにかく平和な職場がいいという人もいるし、忙しいのは絶対に嫌だという人もいるし、ひたすら稼ぎたいという人もいるし。原動力に貴賤《きせん》はないのよ。「嫌だなあ」と思いながら生きるのを避けられればそれでいい。

7 サクちゃん 「欲しい」を具体的にイメージする練習

欲しいという感情をないものにしてきたわたしは、今でも「欲しい」が少し苦手です。

使っていたお財布の汚れが目立ってきたので新しいお財布が欲しいな。いいのがあったら買おうと思っていたのに、気がつくと4年が経《た》ってました。

これって、「欲しい」と言いながら実はちゃんと欲しがってないんだと思って、どんなお財布が欲しいのかを具体的に頭の中でシミュレーションしてみました。

まずはサイズ。お札が折れるのか折れないのか。手触りはツルツルかザラザラか。色はどうしよう。細かいところを数分間考えただけで、なんと翌日には新しい財布が手元にありました。

手に入れるためには具体的にイメージしないといけないということが身に沁《し》みてわかった瞬間でした。お財布屋さんに足を運んだり、ネットで探したり、写真を確認したり。すると、俄然《がぜん》現実味を帯びてきます。「欲しい」が「どれを手に入れるか」に変わります。

「パートナーが欲しい」と5、6年思い続けている女性と雑談をしたことがあります。話を聞いてみると、彼女はどうやら8割くらいはパートナーが欲しいと思っている。しかし、実際のところパートナーがいない毎日もそれはそれで楽しいので、いなくてもいいかもという気持ちもある。欲しいと思いながらも、本当に欲しいのか欲しくないのかが自分でもわからなくなっているという状態でした。

このとき、彼女に先ほどの財布の話をして、もし本当にパートナーが欲しいという気持ちがあるなら、具体的にどういう相手を望んでいるのかを箇条書きにしてみてはどう？　と提案しました。ぼんやり見てるだけではあっという間に時間が経ってしまうし、出会っていたとしても見逃してしまう。きっと手に入らないよって。

書き出してみると、自分でも意外な項目が出てきたと言って、彼女はその作業を楽しんでくれました。

欲しいものを書こうとすると、なぜか手が止まることがありました。たとえば「赤いワンピースが欲しい」と書こうとすると、似合うかな、必要かな、無駄遣いじゃないかな……という声に邪魔される。「へえ、それが欲しいんだ」とバレるのが恥ずかしいような気持ちが邪魔することもあります。「欲しい」と言ってもいいと自分に許可が出ないとき、書く手が止まるのだと思います。
「欲しい」と思うのに許可も何もないと今ではわかりますが、確実に何かがわたしの欲を邪魔していました。いったい何が邪魔していたのでしょう。

小学生の頃から、早く大人になってひとり暮らしをしたいと思っていました。早く職に就くために専門学校に進んだ18歳のとき、父が倒れて4年間の闘病生活がはじまりました。あと1年でひとり暮らしという長年の夢が叶うはずだったのに、直前でなくなってしまいました。家族から離れるために願っていたことが、家族によって叶わなかったことで、より大きく落胆しました。どんなに強く願ってもダメなんだと思い込んでしまうには、十分な出来事でした。

こうした過去の経験から、欲しいと願うことを諦めるクセがついたのかもしれません。そうなってしまったのは仕方がないと今でも思いますが、それでも、「欲しい」と望まなければ手に入らないのが現実です。望むときには腰が引けたように遠慮がちに望むのではなく、**具体的にイメージする**ことで、より手に入りやすくなるのだと思います。

8 スーさん 私の「欲しい」は理由が明快

先日、私も財布を買いました。今まで使っていた財布はほとんど手元に残してあるので、それらを眺めれば「なぜこの財布を選んだか」を思い出すことができます。加えて、何が不便だったかも思い出します。そのおかげで、財布は常に具体的な理由に基づいて新調できます。

今回財布を新しくしようと思ったのは、チャック付きが欲しかったから。保存しておかなければならない領収書が多く、かといって毎日整理するほど私は勤勉ではないため、膨れ上がった財布の中身がバラバラと鞄《かばん》の中に落ちてしまう。これはいただけない。よって、チャックが付いていれば大丈夫だろうという目論見《もくろみ》です。

前の財布が黒の長財布だったので、今回は明るい色の二つ折りに変えよう。

さらに最近は現金をそう持たなくても大丈夫だから、遊びに行くとき用の手のひらに載る小さいサイズも欲しい。

こうしたニーズを満たす財布を探した結果、3つの財布を買うに至りました。

ひとつはロイヤルブルーの手のひらサイズの小さい財布。小銭とお札とカードがちょっと入るぐらい。もうひとつは、チャックの付いた二つ折り。色は大胆にも白！　3つ目はカードとお札が少しだけ入れられるもの。小さな小さな鞄で出かけるときのためです。

メインがチャック付き二つ折りで、それ以外はサブ財布。

全部のニーズを満たすのは無理だったので、用途別に3つ。人によっては「多すぎる！」と思うかもしれないけれど、すべてをひとつで満たすことが難しい場合は複数選んだっていいんだよ。

こんな具合に、私の場合、「欲しい」の理由やニーズは明快なので「欲しい」と思ったら、かなりの短期間のうちにきっちり手に入れています。

さて、後日談。手のひらサイズの方はどちらも使い勝手がよく、頻繁に使用しています。一方、二つ折りの白財布は……。なんだかね、とってもかわいい財布なのです。愛着が思わぬ方向に湧いてしまい、汚れるのが嫌で嫌でしばらく巾着に入れて使用していました。つまり、不便！　そこで「ガシガシ使えなければ財布じゃねえ！」とばかりに、私はまた財布を新調しました。

今ふと思ったけれど、人によってはこれを「財布選びに失敗した」と記憶するのだろうな。事前に気づけなかった自分を責めたりするのかも。

いやいや、失敗なわけありません。欲しいものを選んで使ってみたら、思わぬ弱点があったので、別のを新調しただけの話。**試してみないとわからないことがあるんだから**、これは事前に気づけなくたっていいこと。

新しいのは黒の二つ折りです。チャックは付いていないけれど、ボタンが付いているので問題なし。

突然主語が大きくなりますが、**生きることは選択の繰り返し**で、つまりは**トライアル&エラーの繰り返し**でもあります。絶対にすべてをうまくやる必要なんてないし、そうできなかったことで自分の価値が毀損されることもありません。**失敗があることは大前提**。「違ったわ！」と思ったら、進む道を変えればいいだけなので。いや、それを失敗と定義するのも私は違和感があります。「違ったな」くらいのライトな感覚。

もちろん、物事には粘り強く頑張った方がいいこともある。しかし、サッと切り替えた方がいいことも同じくらいあるのですよ。

ライトをどこに当てる？
設定は変更できる？

9 スーさん×サクちゃん 人生の主人公は私

スー　この間ね、道がめちゃめちゃ混んでて、私、道にめっちゃ怒ったの。

サク　え？　道に⁉

スー　タクシーに乗って車内でスマホ見てて。もう着いていい頃だなって外を見たら、20メートルくらいしか進んでなかった。このままだと大幅な遅刻だ、ぎゃーって。しかも右にも左にも抜けられない場所。

　この時点で「もっと早く出ればよかった」と思うのが正しい人なんだろうな。ところが私の場合、道が混んでること自体に無性に腹が立ってきた。もちろん、運転手さんに怒ったりはしないよ。だけど、なぜこんなにこの道は混んでるのかって、頭にきちゃってね。それで、そのとき、気づいた。私はある意味、世界を信用しすぎてるんだよ。別の言い方をするなら、自分でコントロールできないことが起こる場面でも、思い通りになるに違いないという楽観的な思いが無駄に強い。

サク　スーさんは人生の主人公なんだね。この話って、**世界の中で自分がどの立ち位置にいるか**わかるよね。スーさんの場合、自分にカメラがついていて人生の主人公の視点なんだよ。ご主人様の通る道を何者かが邪魔してるというストーリーが出来上がるでしょう。

スー　フフフ。主《あるじ》である私を邪魔するのは誰？　っていう不遜な態度ね。たしかにその側面はあるかも。そういえば、旅行先で幾つかの理由が重なって予定ギリギリになったことがあったのね。横にいた友達に「今日は日が悪いな」って言ったら、その子が呆《あき》れたように「私だったら全部自分が悪いと思っちゃう」って。

サク　そのお友達の場合、スーさんとはカメラの位置が違ってるはず。もっと上から俯瞰で撮っているイメージじゃないかな。ちなみに私もそっち組。俯瞰カメラ組は主人公が自分ではないの。カメラは全体像を捉えているから自分も大勢の登場人物のひとり。そうすると、道が混んでいたり幾つかの外的原因が重なって遅刻したりすると、すべての原因を吟味した上で登場人物のひとりとして何かできたんじゃないか、って考える。最終的に自分がもっと早く家を出ていれば遅刻を避けられたはずという結論を出すのかも。

スー　そう考える方が遅刻はしないと思うけど、それこそすべてを自分がコントロールするのは不可能。防ぐのは難しいよね。泥棒に入られたときに、鍵をかけ忘れた自分の方が泥棒より悪いって自分を責めちゃう人がいるじゃない？　防衛することは大切だけど、私だったら「圧倒的に泥棒が悪い」って判断。

サク　そうね。泥棒は悪いよね。だけど、それを差し引いても、もっと自分にできることがあるんじゃないかという思考が働くのよ。必要以上に自分のせいにするクセがある人は、育ってきた環境が影響している可能性があるんだよね。**親が絶対という環境で育てば親の顔色をうかがうし、親の機嫌が悪いのは自分に原因があると思わされてしまう。自分が主人公で人生を動かすというより、世界に合わせなければと思ってしまうの。**

スー　子どものサクちゃんにとっては親の顔色をうかがうのは必要な生存戦略だったから、そうなっても仕方ないと思う。

サク　ただ、社会に出たらもうそのクセはやめていいはずなのに、なかなかやめられなかったのが問題だよね。世の中はイヤなことばかり起きるし、イヤな人がたくさんいるという世界観がしっかり身に染み込んでた。イヤな人対策が万全だから、イヤな人がいる前提でいたのよ。社会ってイヤな人ばかりじゃないって今はすごくよくわかるよ。でも、あの頃はそれ以外の考え方を知らなかった。イヤな人の対処ができる人と思われると、イヤな人がさらに寄ってくる悪循環もあって、実際にイヤな人ばかりだと信じていたんだよね。

スー　そうだったんだ……。**自分の照明係って自分**じゃない？　**どこにライトを当てるか**が私は重要と思っていて。**「人の顔色」ではなくて「主人公の自分」に光を当てる**と、あれ⁇って事態が変わって見えることもあるんじゃないかと思うんだけど。

サク　たしかに固定されているものだと思い込んでいたけど、**ライトは動かせる**んだよね。動かしていい、**動かすのは自分**って気がつくまでに時間がかかったな。

スー　「主人公は自分」というライトが強いのが私。それこそ山が動くぐらいの勢いで信じる力が強いから、思い込みゆえ間違えることもある。

サク　スーさんは世界が怖くない？

スー　怖くない。何があっても必ずなんとかなるという確信がある。なんだろうね、この確信、どこから来てるのか、**世界に対する信頼感の高さ**。

サク　それはスーさんが誰にも邪魔されずに**しっかりハンドルを握れているから**だよ。何か問題があっても右にも左にも自在に行けるでしょう。ハンドルが自分の手の中にあれば、何の心配もいらないのよ。世界は怖い場所ではなくなる。**周囲の顔色をうかがって他人を優先している人はハンドルを他者に委ねてるんだよね。**そうすると、世界は自分でどうにもできない怖い場所、信用できない場所になる。必要以上の警戒心が生まれてしまう。

スー 周囲の顔色をうかがっていると、たしかに、自分がどう動くか、どう判断するかより、人がどう思うか、人がどう判断するかが行動原理になるね。生まれたときは自分で運転する気満々でも、物心ついたときにすでに親がハンドルを握っていたら、自分で決めていいことなんてひとつもないと思うのは仕方ない。**ここにハンドルがあるよ、ハンドルはあなたが握るもの、好きな方に行けるよ、世界は怖くないよ**って、どこかの時点で気づけるといいけど。

サク ハンドルから手を離して人に委ねていると、自分が行きたい場所に行けないし、イヤな思いをたくさんする。わたしはいろいろな失敗を繰り返して痛い目に遭ったけど、あるとき、ハンドルを自分に取り戻せたと実感した瞬間があるの。そのことを次に話すね。

10 サクちゃん プール理論

なんだかうまくいかないなと、自分の人生の進め方について改めて考えるようになったのは30歳を過ぎてからでした。それまで親をはじめとする周囲の他人の顔色をうかがうのが当然で、それに合わせて後出しのように物事を決めていました。自ら行き先を決めているようで、どこか他人事のような感覚がありました。

自分のやり方は自分にとって当たり前すぎて、他人を優先している自覚も自分の意思を抑えている自覚もなく、そういう性格だとか個性だという感覚でした。「あれがしたい」「これが欲しい」などと出てこないことも、わたしって欲が薄い人間なのかな、などと思っていました。

それだけなら特に問題はないのですが、何か困ったことがあったときに、人に頼るのがあまりにも下手でした。助けてほしいのに助けてもらえないので、さらに困りました。

かつてのわたしは、人を信用するとは、その人のプールに飛び込むことだと思っていました。しかし、「よーし、頼るのが下手だけど、頑張って信用するぞ」と思って飛び込むと、プールに水が入ってなくて、大怪我《おおけが》をする。そんなことがたびたび起こりました。「あれ、おかしいな、頼っていいと言われたはずなのに……」と、相手に裏切られたようで恨めしく感じながら、また別の人のプールに飛び込むと、今度も水が入ってない。

頭をごちんごちんやり続けて、これじゃ体がもたない、根本的なところで自分のやり方は間違っているのではないかと疑うようになりました。

飛び込んでいいプールを見分けられず間違えているのか、入り方が悪いのか、などと迷路に入り込みましたが、最終的にたどり着いたのは「人のプールに飛び込んではいけないのだ」ということでした。

人のプールに飛び込む行為は、そのときのわたしにとってはその人を「信用する」ことでした。でもそれは「信用する」ではなく「当てにする」「責任を丸投げする」だったことに気づいたのです。

ひとりひとつずつプールがあって、みんな各々自分のプールで泳いでいる。そのこ

わたしのプール

とをわたしは知らなかった。

自分のプールで泳ぐとは、自分が何をやりたいか、どこに行きたいか、人に委ねることなく自分で決めて行動すること。自分のプールで泳いでいれば、周りは応援してくれるし、つまずいたり転んだりしたときは手を差し伸べてくれる。

自分の足で立たないで全体重を他人に預ける行為は、もはや「信頼」や「頼る」ではなく、「要救済」です。わたしは頼っているつもりでも、「助けてー」とすべてを委ねられた相手は受け止めきれずに困っていたことでしょう。

ひとりひとつのプールとは、**ここはわたしの領域、という枠**とも言い換えられます。自分のプールで当たり前のように泳げる人は、他人のプールに飛び込むなんて考えも及ばないはずです。プールにはしっかり枠が設けられています。

ところが、幼い頃に身近な大人から「あなたの意思ではなく私の言う通りにしなさい」とコントロールされて育つと、その枠がぼやけてしまう。本来自分が責任持って決めるべき「欲しい」「やりたい」「手に入れよう」を人に委ねてしまう。枠がぼやけているので、**自分と他者との境界線が甘くなる**のですね。自分のプールが存在するにもかかわらず、それを無視して人のプールで泳ごうとしてしまうのです。

わたしが「**自分のことを自分で決める**」という感覚を掴んだのは大人になってから、それも小さな出来事がきっかけでした。会社員時代に住みたいと思った街は家賃が高い地域でしたが、調べてみるとどうやら都民住宅の賃貸があるらしいことがわかりました。倍率は高いけれど抽選があって、申し込めば収入に応じた家賃で住める可能性がありそう。そんな情報を得てさらに調べ、さまざまな手続きを踏んで、運も助けてくれて、一年後にそこに住めることになりました。

それまでは何かを欲しいと願ったところで手に入るとは思えずはなから諦めるのが常でした。でも、このときばかりはどうしてもあの街に住みたいという強い思いがありました。半ばやけくそでもありましたが、とにかく諦めず粘り強く行動しました。「どうせ無理」という声を無視して、**自分の願いを叶えるために行動を起こせば叶う**と身をもって知った瞬間でした。小さな成功体験でしたが、自分で決めて行動したことが自信に繋がり、それを機にわたしは**自分の願いを認め、自分の意思で動くことを意識するようになりました**。

たとえば、文章を書き始めたこともそのひとつです。お金にならないし、誰からも頼まれていない。ただ自分が勝手に書き出す。なぜなら書きたいから。書いたら、結果的に周りの人が面白いねと言ってくれて本を出版することができた。結果的に仕事にもなった。**誰かの要望や承認がなくても、先に自分で始めてみたら、あとから結果や意味が見出せた経験は、初めて自分のプールで泳げたという自信につながりました。**

雑談の仕事も、人から頼まれるでもなく、自分がお願いするでもなく、自分がただ「やりたい」と思ってはじめたことの積み重ねで今があります。

こうした経験を経て、わたしは自分のプールで泳ぐとはどういうことかを体感し、曖昧だったプールの枠を取り戻すことができました。

プールを満たす「水」は、**興味や関心、欲、好奇心、楽しいという感情**、そういった**自分の内側から湧いて出てくるもの**だと思ってます。これが湧いていないとプールはカラカラで泳ぐことができません。

20代の頃はプールもなければ水もなかったけれど、少しずつ練習していたら、ようやくプールの枠ができて、そこに水が湧いてきた。

「欲しい」「やりたい」「好き」が出てこないなら、塞がれている可能性がある。きれいに掃除をして、水の通りをよくしてあげるといい。そう簡単にできることではないかもしれないけれど、時間をかけて長丁場でやってみるといいと思います。

11 サクちゃん 内側から湧いてくる欲

知り合いがやっているワークショップを手伝っていたときに、「自分を表す動詞を見つけよう」というワークがありました。それをしていると気分が上がる。やるなと言われても勝手にやってしまう。やっていると楽しい。止められたら苦しい。自分が自分でいられること。なくなったら自分ではないと思うこと。ほっといたらしてしまうこと。そんな動詞を見つけるという内容でした。わたしの動詞は3点セットで「考える、わかる、言語化する」でした。

面白かったのが、その場にいた10人全員の動詞が違ったことです。踊るとか、整理整頓するとか、光を当てるとか。それぞれの性質があるんだなと実感しました。

この動詞を見つけるワークの中に、「お金のために働かなくていいとしたら、毎日何をして過ごしますか?」という問いがありました。その問いにわたしは「雑談していたい」と答えました。「みんなもそうじゃないの?」と思いましたが、これもまた全員が違う答えでした。このとき、自分が人とのおしゃべりが相当好きだということをはっきり自覚しました。こんなにもみんな違うのなら取り合いになるわけでもないし、わたしはわたしの「好き」をどんどんやってもいいはずだと思えて、雑談の仕事を立ち上げるに至りました。

職場疲れによって休職している方と話をする機会がありました。体も心も疲れているように見受けられましたが、週に一度の趣味の習い事にはちゃんと通えていました。人との関わり方が不器用な方で、それが休職の原因でもあったので、毎回大勢の知らない人と関わる習い事をして大丈夫かなと心配しましたが、「自分がやりたくてやってることだといつも気になる他人の目が全然気にならないんです」とおっしゃる。それだ!! と大きく頷《うなず》きました。

本当に興味や関心があることに対して人は真摯に向き合います。たとえ人の目を気にする性格であっても、本当に自分がしたいことに集中していると周りが目に入ってこないのです。**その場所でうまくやれるか、じゃなくて、自分が望んでいるか、自分が本当に興味を持ってやっているか**。そこが本当に大事なのだと思います。

人の期待に応えたいとか、誰かを助けたい、役に立ちたいという動機からやる気が出てくる側面はもちろんあるでしょう。人が喜んでくれたらうれしいし、誰かの助けになることはひとつの原動力になります。しかしそれは、自分の内側から湧いてくる欲とは別ものだと思います。一緒にしてしまいがちだけど、ここは**注意深く慎重に、本当に自分の内側から湧いてきてる欲か、それとも誰かの期待に応えたいのか、区別して取り扱った方がいいです。**

また、自分がやりたいことをやっていても、一見充実してるように見えながらも本人は結構苦しいというケースもあります。あれもやりたいこれもやりたい、けれど、実は何をやりたいのか本当のところはわからなくて、正解を求めてあちこち手をつけているということがあるのです。

自分の外側に正解を求めてもキリがないので、**自分の内側から湧いてくる欲を見つける**ことが大事です。

では、内側から湧いてくる欲をどうやったら見つけられるか。子どもの習い事だったら片っ端からやってみるのもいいかもしれませんが、大人になったら手当たり次第やるより、むしろ自分と向き合ってみるのがいいと思います。自分のもともと持っている性質や芯にある欲を知る作業が必要だと思います。

少し話はずれますが、自分が欲を出せずにわからなくなってしまった経験があるので、自分の子どもを育てるときは子どもの好奇心を邪魔しないように気をつけていました。

子どもが言葉を覚えるか覚えないかの頃から「どうしたい？」「楽しい？」「何がイヤ？」といつも問いかけました。幼い頃だと言葉より涙が先に来るものですが、その際も「気が済むまで泣いたら何がイヤだったか教えてね。全力で解決するから」と言って、自分の欲求を言葉にする習慣をつけていました（これはこれでスパルタですよね）。

子どもは無意識のうちに大人の意向を汲み取ってしまうことがあるので、汲み取る前に自分の気持ちを捉えて、伝えてもらうようにしました。すると、「本当はこうしたかった」とか「お腹が空いていたかもしれない」などと、子どもなりに自分の感情や欲求を言葉にしようと頑張って伝えてくれました。やがてそれが習慣化して、二十歳を越えた今、彼女は何が好きで何をしてると楽しくて何が喜びかを熟知した若者に育ってます。わが子ながら羨ましいほどです。

もうひとつ子育てで大事にしたのは、想像力です。知らないと選ぶことさえできないので、社会のいろいろなことを子どもと一緒に想像しました。たとえば、目の前にあるさまざまなものがどうやってここまで来たのかを一緒に想像する遊びです。どんな仕事があるのかを考えて言い合います。ペットボトルはどうやってつくられるか、デザインは誰が決めてるか、誰がここに運んできたかなど。さまざまな職業の人が関わっていることがわかってくるし、世の中は全部仕事でできているということもわかる、いい遊びでした。

これは身近な子どもの例ですが、大人も同じように、何にも邪魔されずにのびのびといきいきと、自分の欲に素直に行動し、選び続けることができるといいと思っています。

12 スーさん 世界を信用するってどういうこと？

「スーさんは世界が怖くない？」とサクちゃんに聞かれて、私は「怖くない」と答えました。正直、「え？　世界って怖い前提？」と不思議な気持ちにもなりました。

世界を怖いと思わないのは、私が強い人間だからとか、完璧な人間だからではないような気がする。というか、強くて完璧だから世界が怖くない、なんて人いるのかしら？　世界と自分の捉え方が、それぞれちょっとずつ違うだけなのでは。

そんな風に考えられるのは恵まれてきたからだ、と言われる予感がします。それは否定しません。でも、「恵まれてきた」と定義しているのは私です。客観的に観て、それが本当にそうかは私にはわかりません。

私もそれなりにコンプレックスを抱えてきましたし、今だってまったくないとは言えません。若いときに自分をマジョリティーだとは思えなかった悩みはまあまあ深かった。あと、親の具合もなかなかです。これらを理由に私だって世界を信用しなくなっていてもおかしくはない。だけど、私は世界を怖いとは思わない。迂闊《うかつ》なだけかもしれないけれど！

たとえば社会に出て何らかの形で他者と接する際、自分の箱から一歩外に出なければならない瞬間が誰にでもやってきます。当然、自分の箱から出れば傷つくなどのリスクが伴うことが予想されます。でも、それはまだ起こってない出来事です。箱から出れば攻撃されるかもしれないし、傷つくかもしれない。だけど、それはあくまで「かもしれない」の可能性。

箱から出ない人だって、もちろん、リスクをとればその先に得られるものがあるであろうことを理解しているんだとは思います。でも、傷つく可能性がある限り、リスクをとるのは得策じゃないと考えるのでしょう。なぜなら、ひどく傷つけられた経験があるから。

で、ここで定義を変えます。**「傷つけられた」のではなく「傷ついたけど、そのあとも頑張って生きてきた」に。ライトを当てる場所を変える**のです。

箱の中にいれば誰も攻めてこないし、傷つくこともない。その考えが強化されていくと、箱の中にいた方がよい理由ばかりを集めるようになる。ライトがそちらにばかり当たるようになってしまう。

一方で、箱の中にいる以上は誰かが何かを与えてくれるのを待つ以外に手はありません。必然的に、自分が欲しいものからは遠ざかってしまいます。

リスクをとらないのは、一見保身のようで保身になってないというのが私の持論です。だって、欲しいものが手に入らないのだから。削られるばかりになってしまうでしょう。

欲しいものは、取りに行かないと手に入らない。欲しいと思ったら、自分が取りに行くしかない。もし、手に入れようとして失敗して大恥をかいたら？　ダメージを被《かぶ》ったら？　そう考えると怖くなりますね。でも大丈夫。だって、そこから復活できるのだから。どうして復活できるってわかるのかって？　それは、何度も失敗してきたからよ。

おいそれとは人に話せないような、嫌なことが私の人生にもたくさんありました。それを繰り返すうちに、**それでも今日は生きているのだから、またうまくいかないことがあっても大丈夫だろう**と思うようになりました。母の死とか、ひどい失恋とか、実家消滅とか、父親が壊滅的に頼りにならないとか、信頼していた人にお金を盗まれるとか、まあいろいろあった。でも、今日もまあまあ生きています。

31歳で同棲していた男に振られ大失恋したときは、ちょうど異業種転職したばかりでした。世間的には「結婚適齢期」と言われる年齢で、住む家と仕事が変わり、パートナーを失いました。急いで実家に戻ってはみたものの、毎日あまりに苦しくてご飯も食べられず、25キロも痩せました。朝は涙で目が覚めるし、こんなにきついことがあるのかと絶望したものです。失恋には喪失感だけでなく恨みつらみが伴うので、親の死よりキツかったのよ。

毎日キリンジを念仏のように聴いて過ごし、やがて新しい彼氏ができました。あれほどつらいことはないと思っていたのに、いつの間にか楽しく浮上していた。あのときほど自分の「もうダメだ」を信用できないと思ったことはありません。その後、47歳で8年来のパートナーと別れたときは、過去の経験から私が立ち直れることはわかっていました。そして立ち直りました。ジャジャーン！

このように、私が一歩を踏み出すことに躊躇《ちゅうちょ》がないのは、**嫌なことが起こったとしても自分なら大丈夫だと思えるから**です。**間違えても失敗しても、私なら必ずリカバーできる。**うまくやってきたからではないんです。**たくさん失敗してきたから**なのです。「今日もまあまあ生きている」というのは、立ち直ったということだもの。これは、ひどく傷ついた経験がなければ知り得なかったことです。**「世界はあなたを傷つけないようにはデザインされていない」と「何人たりとも私を致命的に傷つけることはで**

きない」は、自然に両立します。

自分なら大丈夫だろうと思えること。これが世界に対する信用です。世界というより、**自分を信用しているのだろうな。**繰り返しになりますが、**なぜ自分を信用できるかと言えば、今日もまあまあ生きているからです。**

つらいことも嫌なことも、突然事故のようにドーンとぶつかってくるけれど、待っていれば勝手に楽しい方に上がっていける。そう、浮力。**未来の浮力**です。落ちたって、ほっておけば上がってくる。いや、あなたにもあると思うのよ。浮かばないようにと自分で重石《おもし》を抱えているのでもない限り。

世界を怖いと思うと、間違いやミスが怖くなります。間違えたら自分の人生は失敗だし、嫌な思いをするし、人としての価値も下がると思ってしまう。その設定は、生きやすくなるのに大きな障害となります。

できない理由は集めようと思えば幾つでも集まるし、やらない理由だって幾つでも見つかる。世の中のものすべて、ケチつけようと思えばケチをつけられます。でも、そうやって**ケチをつけ続けてやらないか、一歩を踏み出してやるかは自分の考え方次第**なんだとも思うのです。

13 スーさん×サクちゃん 土から出る

スー　昔からの友人に「あなたと私は違うから」と言われたことがあるのね。私は絶対にそんなことはないのに、と思って。サクちゃんも「生まれた星が違う」という言い方をしてたでしょう。その「違い」がずっとわからなかったけど、サクちゃんと話し続けているうちにようやくわかってきた。他者を理解するための参考書をもらったような感じよ。

サク　構造としての「違い」だよね。**自分で選んでないアンラッキーな環境とか相性とか、そういうものがあるのとないのとではやっぱり違う**としか言いようがない。当たり前に土台がある人たちに向かって「あなたとわたしは違う」と言いたくなるのは、線を引いて分けたいというより、「あるのが当たり前じゃないんだよ」と言いたい気持ちの方が大きいかも。

スー　幼い頃から身近な大人を信じられて、なおかつそれで嫌な思いをしなかったということが当たり前の人と、そうでない人。私の場合は、周りの大人が危害を与えてくることはないし、他者は危険ではないと信用できていたんだろうね。その土台がなければ、世界が怖いものに見えるのも当然かも。**家族って最初の信用の土台みたいなものだけど、そこが築けなかった人が見る世界というのは私が見ている世界とは違うのかもな。たとえ同じものを見ていたとしても。**

「あなたと私は違うから」と言った友人は土台がないところで大人になった自覚があるんだけど、同時に彼女は「私は自分で**土から這《は》い上がってきた**」とも言ってた。彼女はユーモアのある人だから、自分のことを「**土グループ**」って名付けたんだよね。特に説明しないでもすぐに何のことかわかったサクちゃんにもびっくりしたわ。

サク　**土壌がそもそも違う**というところまで立ち返ってみる必要があるんだよね。スーさんは土の下の存在を知らないまま、陽を浴びて、芽を出して、当たり前のようにぐんぐん上に伸びた。翻って土グループは、気がついたら土の中にいて、暗くて光がないところで根っこを育てている。土から上に出られないから根っこを育てるのはうまいんだよ。自分は何でこうなの？　って原因分析に励みながら。

スー　他者から土を強く踏みしめられてしまったんだろうね、土グループは。だけどサクちゃんが変わったように、**環境は固定された永遠ではなくて、自分で解除できる。自分に欲望があることを許せれば変化が起きる。**

サク　そう。自分の欲望に気づく、感情を知るってことだね。あともうひとつ、過去のわたしが一番頑張ったのは、今から振り返ると、土からゼロ地点に上がることだった。飛躍とかの前に、まず土から出るところまで。

スー　土から出るまでと、そこから上に伸びていくときでは頑張りが全然違うって言ってたもんね。

サク　土の中でバタバタもがいているのは地上の人たちには見えないから、いくら頑張ってもサボってるように見えてしまうのかもしれないけど。

スー　これは別の人の話だけど、土グループの人と話してて「存在しない裏」を読まれたときに、「え？　そんな風に受け取る？」と戸惑うことがしばしばあったのよ。もしかしたら彼女も土から出ようともがいていたかもしれない。それに気がつかないで、傷つけるつもりは毛頭なかったけど、結果的に傷つけてたのかもしれない。

サク　一方的に想像で勝手に傷つくことがあるよね。わたしだったら、お金持ちでのびのび育っている子がそばにいるだけで苦しいとか、10代の頃にあった。実際に加害されてなくても勝手に傷ついている、みたいなこと。

スー　加害者不在の被害者ってことかな。

サク　土からゼロ地点に上がるというときのゼロ地点というのは、世の中にはいい人もいるし悪い人もいるね、という暗黙の了解を持てるところ。スーさんからしたら当たり前のことだけど、ゼロの下、つまり土の下にいると他者が全員敵に見えてしまうことがあるの。敵ばかりに見えると、人を信用できないでしょう。世界は怖いところで、自分を傷つけるものだと思ってしまう。**まずゼロ地点にたどり着いて、「世の中にはいい人も悪い人もいる」ということを理解して初めて人を信用できるようになる。**「全員敵」「全員悪」のなかで人を「信用する」は成立しないことなんだよ。

スー　世の中にはいい人も悪い人もいるし、**仮に誰かを信用して裏切られても致命的な傷にならないって私は思っている**し、みんな同じように考えているはずだと思っていたけど、そうでもなかった。

サク　人のプールに飛び込んでは怪我をしていたときのわたしには人を信用する土台がなくて、相手を信用してるつもりで、自分に都合のいい情報に吸い寄せられているだけだった。他者に委ねて賭けることを「信用」と取り違えていたのかも。わたしに必要だったのは、相手が信用に足るかどうかをチェックすることじゃなくて、**そもそも他者を信用する力が自分にあるか**、だった。そうじゃないと人に委ねては失敗して、当たり外れに右往左往して、人のせいにしながら生きることになっちゃうから。

スー　**「世界はあなたを傷つけないようにはデザインされていない」**とラジオで言ったとき、さまざまな反響があってさ。じゃあずっと傷つきながら生きなきゃいけないのか！　って反応がきたのにはびっくりした。**「世界はあなたを傷つけないようにはデザインされていない」と「何人も私を傷つけることはできない」は同時に成立する**と私は思っているけど、そうは思えない人がいるんだってわかった。

サク　「じゃあ傷ついても仕方ないってことですね、だってそういう風にデザインされているんでしょう」って受け取る人もいるのよ。わざとひねくれているとかじゃなくて、「他人は全員敵」という状況で生きてると、本当にそう聞こえてしまう。世界は自分を傷つける可能性があると思っていると、人の顔をうかがうのがデフォルトになるし、人の言動に対処するのが自分のすべきことと思う。

スー　そうやって人生のハンドルを人に委ねてしまっている。世界が自分にやさしくできてるわけではない、ってことは、自分にとっての脅威ではないのだけど。そうは受け止めてもらえなかった。

人生のハンドルを取り戻すには、**感情をまっすぐそのまま出す練習**が必要だね。**欲しいときに欲しいって顔をすることを自分で引き受ける。自分に欲望があると許す。自分のやりたいこと、好きなことを見つけて、それを認める。**誰かに叶えてもらおうと人のプールに飛び込むのじゃなくて、自分のプールで泳ぐ。そこがスタートだね。

14 脚本はOK？ ライトはOK？

スーさん×サクちゃん

スー　前回、「あなたと私は違うから」って友人から言われた話をしたけど、「あなたと私は違うから」と同じくらい取りつく島がない言葉について、もう少しここで話したくて。それは「簡単に言わないでほしい」っていう言葉。私からすると、「簡単に言わないでほしいって、簡単に言わないでほしい！」ってなるんだよね。

サク　「簡単に言わないでほしい」っていうのは、「それはあなただからできるんですよ」とか、「それができたら世話ないですよ」とか、「それができないから困ってるんですよ」という意味でしょう。

スー　そうそう。「こちらの事情も知らないで、私のこともちゃんとわかっていないのに言わないで」ってことだよね。そうなると、こっちは黙るしかない。そのあと、どう話を進めていくかが難しいところで。お互いが「こちらから見えている景色の話をしてもいいですか?」って、できればいいのだけど。

サク 本当にそうね。

スー 「私の窓からはこんな景色が見えてます。同じ窓からあなたには何が見えてますか」っていう話をね。同じテーブルについていれば、同じ窓から同じ景色を見ているのが前提。それなのに話が食い違うとしたら、見えているものが全然違うってことじゃん。

サク お互い話せればいいけど、そうはなかなかいかない。「簡単に言わないでほしい」の裏には、「誰も私のことをわかってない。わかってくれない」があるんだよね。自分のことを特別不幸だと思っていると、わかってもらえるはずがないって考えるのかも。

スー 「簡単に言わないで」って言われると、ガラガラガラとシャッターが降りる音が聞こえてくるのよ。そこで無理やり「すいません、シャッター開けてもらえますか」とはいかないでしょう。

サク いかないね。よくある構造だけど、難しいところ。

スー 「逆特別扱いされてた」って話、前にサクちゃんしてたじゃない。

サク 自分だけ特別に不幸だったり、自分にだけ特別にイヤなことが起きたり、とに

わたし／私に見えている景色

かく悪いバージョンの特別、ネガティブな特別。何でわたしだけ？　っていう状況ね。「何でこうなっちゃうんだろう？」って思うことが多かった。でもわたしの場合、自分のせいではないという確信がどこかにあったから「何でこうなっちゃうんだろう」と疑問形だった。それが「いつもこうなってしまう」と〝真実〟になっちゃうと困るよね。

スー　自分だけの〝真実〟って、たしかにあるけどね。それが自分の首を絞めることになるのはいただけないよね。

サク　真実になっちゃうと、わたしは特別に不幸なのに、それはどうにもできないのに、そのことを知りもしないで「簡単に言わないで」が出てくるんじゃないかな。わたしが特別不幸であることを、あなたはそもそもわかってないって。

スー　うーん、どうしたらそこから抜け出せる？　前にサクちゃんが言ってた「世界一嫌な相撲」、つまり負けるための選手権。

サク　世界一嫌な相撲って、たとえば「お金がなくて困ってるんだよね」と言う人に、「わたしもだよ、大変だよね」と共感すると「いやいや、あなた肌は綺麗でしょう」って返してくるやつだよね。一緒にされたくないという気持ちが強い。こちらからすると、え？　そんな話してないのにってコミュニケーションが成り立たない。

スー 雑なステレオタイプで言うと、「結婚して子どももいるからいいじゃないですか」「そちらは自由になるお金があっていいじゃないですか」とかね。互いに自分の土俵に引きずり込んでは相手の前で負けて見せる。敢《あ》えて負けに行くメリットっていったい何なの？

サク 悲劇のヒロインじゃないけど、自分を可哀想だと認めてほしいのかな。

スー 持ってる人に持ってることの罪悪感を与えたって、自分が得することはひとつもないはずだよ。嫌がらせとしては成立するとしても。

サク 持ってる人はいいですよねっていうときの気持ちは、「持ってない人のことを無視しないで」っていう、持ってない人として自己主張をしてる感じもある。

スー 持ってないというアイデンティティがあるってこと？

サク みんなが当たり前に持ってると思わないで、みたいなことで、自分が一番つらい、自分が一番不幸ってことを証明しようとする。

スー 自分が一番不幸じゃなきゃ困ることなんて、繰り返しになるけど、ひとつもないよ。

サク 今思い出したけど、わたしの母親ってさ、不幸とは違うけど、自分が一番大変ってところに常に身を置こうとする人だったんだよね。

スー あーそういう「大変だ」の人いるね。

サク 自分より大変なことが起こると嫌がるの。たとえばわたしが風邪をひいて熱出して寝てなきゃいけないみたいなときに、「やめて」って母親が言ってたの。

スー それはどういう心境？

サク こんなに大変なのにさらに大変なことをもってくるの「やめて」みたいな感じじゃないかな。娘が熱を出したらさらに大変になるから「これ以上やめて」って。自分より大変な人がいると困るっていうのもあるかも。

スー 疲労困憊《こんぱい》なときにそう思うことはあっても、発熱してる相手に伝えはしないよなあ。心配が先に来ると思うんだけど。だって熱を出した子どもは母親の人生の登場人物じゃなくて、その子の人生の主人公なのに。

そういう話を聞くと、カメラの据え方ってつくづく本当に難しいと思う。ここまで散々自分にライトを当てようって話をしてきたわけだけど、この「自分が大変」軸は絶対ダメじゃん。

サク そう、自分軸は大事だけど、「自分が大変だ」に合わせちゃダメ。

スー 脚本が悪いね。ここ、大事なポイントだよ。**大悲劇物語の脚本で自分にカメラ**

を向けてライトを当ててたら、行き着く先はバッドエンドしかない。

サク　自分が一番大変とか、自分が一番可哀想とか、自分が一番嫌われ者とか、そうした設定があると、カメラはそれを真実として捉えてしまうもんね。

スー　少し話はずれるけど、大学生の頃、私が属してたサークルには細くてかわいくてオシャレな女の子たちがいっぱいいたの。私はその中で採れたての根菜みたいな、素材で勝負みたいな、見映えがしないというか、自分の中の2軍意識があってね。ところが大人になってそのサークルの先輩に会ったときに、「あの頃すごく楽しそうに目立っていろいろやってたね」みたいに言われて、え？　私、そんな風に見えていたの？　って、すごく救われたの。人からそんな風に見えていたのなら、私の自己定義をここで変えられるって思った。

サク　わかる！　わたしも同じような経験があるよ。中学校のときのわたしって考え方が暗くて、人に心を開いてなくて、その場しのぎで明るいだけだったけど、30歳過ぎて会った同級生から「すごい楽しそうだったよね」って言われて。あれ、自分が思っていた〝真実〟と人が見てたものが違うぞって思った。人が見てたものの方がいいものっぽいとき、そっちの方がいいなーって。

スー　そうそう、そこ。あなたは私のことを何もわかってないよね、と思うんじゃなくて、そういう風にできるというなら、そっちに乗り換えてみようっていう考え方。

サク 自分のイヤなところばかりを見てただけかもしれないし、楽しそうにやってたわたしもいたなら、そっちでもいいよね。

スー 絶対そっちがいいよ。サクちゃんも私も**他者の評価の方にうまく乗り換えたことによって自己受容が進んだ**っていうのは、間違いなくある。

サク わたしは自分に不幸癖みたいなのがあるって薄々わかってたから、自分に対しても偏った見方をしてるかもってそのとき気づいたんだ。

スー ざっくり言っちゃうと、単純に自己評価が低いから自分の定義がそうなる。

サク たいして世間を知らないから、**自己評価を下げれば悲劇のヒロインになろうと思えば数秒でなれちゃう。でもそれは事実とは異なる**んだけどね。

スー 人生のハンドルは自分でしっかり握っておくべきだけど、ナビの到着地点が悲劇山に設定されているなら、一旦路肩に止めてハンドルから手を離し、行き先を変えた方がいいね。「私の車は右にしか曲がれない」って設定に自分でしてると、ぐるぐる同じところを回るしかなくなるしね。

サク そうそう。設定が歪んだ車のハンドルを握っててもしょうがない。**一回ピット**

インが必要だよ。整備しなきゃ。

スー　**他者と接点を持つことの意味**ってそこだよ。サクちゃんも私も他者の目が入ったことでピットインできたわけだ。

あと話しておきたいのは、**誰かの役に立つ自分にライトを当てすぎちゃうケース**だな。人の役に立ってないと自分の価値がないみたいな。それって、あるところまでは親切な人だけど、行き過ぎると過剰なおせっかいになるし、感謝されないから削られるだけなんだよね。

サク　そのボーダーライン難しいよね。どこまでがOKかは相手との関係性によるとしか言えないけど、他人のことを自分がやるべきだってスタンス自体良くない。もちろん気になっちゃうのは性格だから変えられないよ。それを気にしないように頑張るよりは、とにかく関心を自分に向けることだね。何でもいいのよ。自分が何かに夢中になっていれば、人のことはその瞬間どうでもよくなるから。**仕事でも趣味でも、「私は」の主語で夢中になることさえあればね。**「私はこれをやります」がない人は、他人の方に目が向いてやりすぎちゃう。人のことを気にする気にしないという問題じゃなくて、「自分がすること」を1個ずつ決めていくしかない。

スー　遠くのテーブルの上にあるコップが落ちそうになっても、走って取りに行かないでいいんだよって話はよくする。自分のテーブルだけ気をつけていればいいって自戒を込めてね。人のコップが落ちないように先回りしても誰も感謝なんてしないいし、それより**自分にフォーカスが大事**。

サク　そうそう、まず自分。

スー　「こうしないと良くないことが起こる」とか「こうした方がもっと良くなる」という場合はたしかにあるけど、それは自分の思い込み半分とも言えるから、相手には言わないって自分のルールにしてる。言いたくなることもあるけど。

サク　「こうなっちゃうかもしれないから」ってほとんど妄想だもんね。

スー　**先回りで余計なことを言う人って往々にして「こうあるべき」という自分の理想が大きくて、それを他者に押し付けがちなことに無自覚なんだよ。**私自身、自分の親に対してそういう態度が出てくるから、すごく注意してる。たとえば母親とかもそのポジションに誘導されがちじゃない？

サク　お母さんって先回りして危機回避するもんだっていう勝手なイメージがあるからね。

スー　もちろん相手が子どもだったら大人が守ってあげないといけない。今暑くないから半袖で出かけるって言っても絶対後で寒いって言い出すからシャツを持たせようとか、そこは大人の責任。経験値がない子どもを大人が守る必要はある。けど、それを大人相手にやってると「感謝されるべき」という気持ちが募っていく。

サク　家族が苦手な事務的な作業をあれもこれも代わりにやって本当に大変でしたって話してくれた知人が「誰も感謝してくれないし、誰も大変さをわかってくれない」って悩んでたの。わたしだったら頼まれるまでやらないし、やるとしてもお金をもらって仕事としてやるかもって話した。家族だろうと何だろうと、役割としてやるならともかく、できなくて困るだろうからって勝手にやっても、やっぱり感謝はされないからね。

スー　あと、先回りする人のところには不機嫌や怒りで相手をコントロールしたがるタイプの人が寄ってくるんだよね、不思議と。

サク　そうそう。うちは父親が不機嫌をまき散らす感じの人だったから、家族の中では「お父さんが不機嫌にならないように気をつけましょう」が暗黙のルールで、それに慣れているから、社会に出てからもそういう人の対応が得意になった。得意だけど、不機嫌に当たられることがどれだけイヤかってことも人より知ってるから、わたしは途中からは反面教師と思って「汲むのをやめよう」と決めたの。**意思を持って「汲んでやらない」**って。意地悪かもしれないけど、不機嫌でドンとやってくる人には「お腹でも痛いんですか」みたいにとんちんかんなことをわざと言ったりしてね。「わたしは汲みませんよ。ちゃんとお願いしてくれないとやりませんよ」って強い意思でやった。そうすると、少なくともわたしにはそういうことをしてこなくなった。

スー 汲まない。大事だね。大人の力として、実は後天的に身につけるしかない。先回りできる能力って、好評価のひとつになるじゃない。だけど落とし穴もあって。その場にいる人たちへの気配りはもちろん大事よ。でも、思い通りにならないことがあったとき、他者を不機嫌やキレでコントロールしようとする人への先回りの気配りはする必要なし、だよ。家族の中での先回りも同じ。相手を怒らせないからうまくやれてるように錯覚しちゃうけど、全然そんなことはないんですよ。「手の上で転がしてる」みたいなことを言う人がいるけど、私はそういう人も信用できない。

サク お互い馬鹿にしてるよね。同じ土俵に乗ることで、お互いコントロールできるものとして扱ってる。

スー　そうそう。同じ土俵に上がってる。結局こうすればこの人はこうなるだろうって先回りして同じことをしてる。**世界一嫌な相撲もそうだし、先回りも、とにかく土俵に上がらないこと。放っておくと他者に向いちゃうライトを、強い力で自分に戻さないと。**

サク　そうそう。わたしがいないと仕事が回らなくなるからって理由で会社を辞められない人がいるけど、そんなことないよって断言できる。人の役に立ちたいとか、わたしがいてよかったねとか、そう思うのもいいけど、まず自分。自分が何をしたいかだよね、やっぱり。

III

サクちゃん

わたしが編み出した方法

15 サクちゃん わたしの中の平野レミさん

大人になって発見したことがあります。「わたしっていつもこうなんだよな」と自分の性格のせいでうまくいかないことが多いとき、自分のキャラクターを丸ごと変えようとしても変われないけど、自分の中にまったくない要素をどこかから借りてきて、心の中にいてもらうみたいなことは意外とできるんじゃないかなと。

表面上どう見られたいかで自分以外の誰かに擬態するのはよくないと思いますが、**内面での考え方をお借りするのはいいのではないか**と。

実験的にいろいろなものをお借りしてましたが、なかでもわたしにとって一番良かったのは平野レミさんです。自分だとつい突き詰めて深刻になってしまうときに、自分の中にレミさんを発動させます。レミさんの「そんなのどっちだっていいのよー！」という声が聞こえてくることで助けられたことがしばしばありました。

「レミさんなら何て言うかな」と耳を傾けてみると、自分ひとりだったら出てこないような言葉がレミさんからは出てくる。レミさんのおおらかさをお借りするうちに、不思議と自分にだんだん「レミ力」がついてくるようになりました。

考えすぎない、突き詰めすぎない。

深刻になりそうになったときはレミさんに出てきてもらうのがクセ付き、すっかり「自分のやり方」になっていきました。

本来の自分にはない要素だけど、自分のいつものやり方ではあまりいい結果にならないとわかっていて、あちらのやり方の方がいいはずというのなら真似しない手はありません。

余談ですが、雑談の仕事のお客さんが日常の中でわたしと話したことを思い出すとき、「ちっちゃいサクちゃんが自分の中にいるんです」と言ってくれたことがありました。「『ほら、この前話したのと同じだよ』って、サクちゃんが気づかせてくれる」って。それは、わたしもお役に立てているようでうれしかったです。

わたしの中にはレミさん以外にもキャラクターがいます。そのひとつは怒りを感じたときに出てきます。もともと人に対して怒るのが苦手で、イヤなことがあっても「仕方ないか」と相手に伝えず溜《た》め込んでしまう方でした。でも、仕事だとそれでは立ち行かない場面があります。そんなとき、わたしは自分の中にいる気高い姫を登場させます。**「無礼者、離れなさい。それはわたしにやってはダメですよ」というお知らせとして怒る。**感情をぶつけるのではなく、あくまでお知らせという感じです。

自分が大事にされない場面で、ナメられているなと感じたときに、「仕方ない」と流してしまうと、怒りが「悲しい」に変換されて、怒ることができません。なので、自分を姫のように位の高いものとして扱うことで、「無礼ですよ」「失礼ですよ」と相手に伝えます。

どんな相手でもナメられていいことはひとつもありません。きちんと怒って伝えた方がいい。怒らないと相手は「この人はナメてもいい人なんだな」と勘違いしてしまうので、「違いますよ」と教えてあげるという感覚です。

普段の自分にはできないことも、人の力をお借りすればできることがある。誰かのいいやり方を真似してみる。いい方向にやり方を上書きするイメージです。やがて**いい方のやり方が自分の習慣に変わっていきます。**そこは「練習あるのみ」だと思っています。

16 出来事と感情を分別する

サクちゃん

出来事と感情の分別。出来事と、そこにくっついてくる人の気持ちをなるべく分けて捉えようと思ってます。**出来事は出来事、感情は感情として整理する。**

たとえば、同じアーティストのファンの友人といつも一緒にライブを楽しんでいたのに、あるとき、わたしは誘われずにその子がライブに行っていた。あれ、嫌われた？　怒らせた？　なぜ？　と、いろいろな感情が同時に表れるかもしれません。が、ちょっと待って。その前にまずは出来事を箇条書きにします。

- 友人といつも一緒にライブに行っていた
- その友人が今回は他の人とライブに行っていた
- 自分は誘われなかった

悲しいとか残念とかなぜ？　といった自分の感情も書き出します。

そして、次に友人の感情です。どういう理由で、どんな感情でわたしを誘わなかったか。友人の感情を書こうとすると、ああじゃないか、こうじゃないかといろいろ想像することはできるけれど、それらはただの想像で、事実かどうかはわかりません。なので、答えはどうしたって「わからない」になります。自分の感情は事実だけど、他者の感情は、想像は無限にできても、想像以上にはなりません。友人の感情を、わたしが決めつけて「事実だ」とすることはできないので、事実は「わからない」となります。


想像と事実は別もの。分けてみると、そこに空白が生まれます。

この空白をどう活用するか、です。確かめないまま様子をみるのもひとつの手です。同じことが繰り返されるかどうかで、たまたまだったのか、何か意図があるのかがわかってきます。

そこで「どうせ嫌われたんだろう」などと想像で空白をうめて、変にへりくだったり、謝ったり、言動がおかしくなると、健やかな関係性を築きにくくなっていきます。だから、自分の想像を事実としてしまうのをやめられるといい。

ただ、どこまでが想像で、どこからが事実か、その境界線を引くのは実際には難しいことです。曖昧にしたままの方がいいこともあるし、事実はきっちりひとつだけでないこともあります。

わたしは、性格的に、相手がどう思ったのか「わからない」の答えを確かめに直接訊《き》きにいってしまうことが多いです。「今回は他の子と行ったんだね」と話しかけ、いいなーとか、わたしも行きたかったなとか、そうした自分の気持ちも言い添えることもあるかもしれません。

訊くことで「実は」という事情が判明することもあります。「そうなんだよ、向こうから誘われて行くことになったんだ」とか「たまたま話が盛り上がって行くことになったんだ」とか、まあそんなところでしょうか。

想像力に委ねて「嫌われたんだ」とか「わたしとは行きたくないんだ」「そういえばあのときこうだった」などとネガティブなソースや悪いもの、イヤなものを集めてしまうより、**まず事実を確かめる**方法がわたしには向いています。いいやり方かはわからないですが、せっかちなわたしには合っているようです。悪い想像は時間が経つほどドロっと粘度が増し、重たくなってくるような気がするのです。重たくなってからだと、話すときもねっとり重くなってしまうので、なるべく鮮度が高くさらっと言えるうちに言うことが多いです。

逆の立場で、相手が悪い方に想像力を発揮しているなと感じるときには、（もちろん関係性にもよりますが）「その想像の中のわたし、意地悪でイヤなやつじゃない？」と伝えることもあります。たとえば「こんなわたしに誘われてもキモいよね、イヤだったら断ってね」などと言われたら、わたしはそんなこと思っていないけど、あなたの中のわたしは「キモいから断ろう」と思うイヤな人だということになるよと。相手が気がついていないときは言うこともあります。

自分を下げるためにへりくだって相手を持ち上げているつもりでも、実は相手に失礼だということに気がつかないことはよくありますからね。「相手に失礼だ」と気がつくことで、悪い想像を信じたり、むやみに自分を下げたりするのをやめられるといいなと思います。

17

サクちゃん

「された」ではなく「私」を主語にする

雑談の仕事でいろいろな人の話を聞いていて、気がついたことがあります。

過去の出来事の話をするときに、「私はこれをした」「私はこう思った」と話すのではなく、「誰かにこうされた」のように、話の中心に自分の行動や感情がなくて、俯瞰で観察している視点で**「されたこと（してくれたこと）」ばかりになってしまう人がいる**のです。

内容は事実なのでしょうし、されたことも本当なのだと思います。でも、主語が「私」ではないのは気になります。

きっと、その人に見えている世界を写すカメラは、自分と登場人物を上から観察する場所にあるのでしょう。そのカメラで自分を写すと、たしかに「誰かに何かをされている」になります。

自分を客観視するのは、悪いことではありません。必要な場面も多々あります。だけど、**自分の感情においては、上から観察するのではなく、内側で感じた方がいいと思います。**

誰かに何かをされたとき（してもらったとき）に、その反応として感情（怒りや悲しみ、喜び）が湧くのは通常のことですが、観察のカメラだけだと、記憶として残るときに「わたしが怒った経験」ではなく「あの人にこうされた経験」の方が色濃く残ってしまうように思います。

「私がイヤだった」が「あの人にイヤな気持ちにさせられた」になってしまうと、同じ出来事でも自分が被害者の位置に立ってしまいます。もちろん、人から影響を受けることは避けられませんが、影響を受けるか受けないかは自分で決めることもできると思うのです。

かつて「イヤなことをされた」強い経験がある人は、どうしても「他者は自分に影響を与えてくるもの」と捉えてしまうことがあります。それは仕方のないこと。ただ、その**受け身の姿勢で他人や出来事を捉えていると、後出しジャンケンのように周囲の様子を見てからしか行動ができなくなってしまいます。**「自分がこれを言うと誰かがイヤな気持ちになるかもしれない」「これをしたら誰かに怒られるかもしれない」などと心配するのは、自分の行動もまた他者の感情に影響を与えると思っているからです。

実際は、自分の行動はたいして他者に影響を与えません。というか、他者は自分の行動などほとんど見ていませんし、興味もありません。

そう思えるようになるといいのですが、事実がそうでも、そう思えないのもまた事実。

自分の日々や過去が「したこと、思ったこと」ではなく「されたこと」でできていると自覚したら、少しずつ練習して「自分」を真ん中において見るやり方を身につけていけるといいです。

「あの人がこう言うからやった」ではなく「わたしがしたいからやった」のように、**主語を「私」にする。わたしがどうしたいのか、どう思うのか、どう感じるのか。誰かの反応に合わせない。**これはもう練習あるのみだと思います。

人の言葉を真に受けすぎないというのも大事です。誰かの言葉よりも、**自分の中から出てきた欲や感情の方がずっと大事です。**もっと言えば、誰かの言葉の中に正解を探すのも要注意です。誰かの言葉は感情や思考のヒントやきっかけにはなり得ますし、自分では言葉にできなかった思いや経験が言葉になっていると、共感を覚えてうれしくなります。でも、**自分の外側に答えを求めるだけでは、矢印が外に向いているままでは、内側にある自分の欲や感情を掴むのは難しい**と思うのです。

近年ではSNSで他人の言葉を受け取る機会がものすごく多いです。選んでいなくとも勝手に目に入ってくるものもあります。そんな中で、目に映った情報や誰かの意見を読んで、それをきっかけに自分の考えが出てくることも多いでしょう。誰かに何か言われて（自分に向けられたものではないとしても）反応して言葉が出てくる。それを「自分の考え」だとするのには、ちょっと疑問を持ちます。誰かの言葉に反論して言い返す形や、続きを語る形でしか自分の考えがわからなくなってない？　これは本当にわたしの考え？　そう問いかけ、立ち止まるのも大切かもしれません。反応上手になるのではなく、自分から湧いてくるものを大事にするために。

18 サクちゃん 地獄のあみだくじ

以前、臨床心理士の東畑開人《とうはたかいと》さんからお聞きした印象的な話があります。カウンセリングを行っていると、クライアントさんの中に「いつものパターン」が見えてくることがあるのだそうです。どんなパターンかは人によって異なりますが、たとえば「あなたもまたそうやってわたしを無視するんでしょう」と何回も反応する場合がある。過去の経験から、相手が変わっても同じことをされるかもと警戒したり、同じことをされたように感じたりするんですね。この「**同じことが起きている」というパターンを見つけると、それがパターンから抜け出す出口になるのだそうです。**

ループものの映画と同じですね。ループから抜け出すためには、同じことを何度も繰り返してしまう中で、ほんの少しずつ行動を変えていくしかない。突然180度違うやり方をするのには無理があるので、5度ずつ変えてみるといい。それを続けていると、気がついたら抜け出せていることがあるのだと東畑さんは話してくれました。

たしかに「何でいつもこうなっちゃうのかしら」というパターンに覚えがある人は多いと思います。それを「わたしっていつもそうだから」と、変えられないものとして捉えていると、いつまでたってもそのパターンから抜け出すことはできません。**少しずつでもやり方を変えてみることでいつか抜け出せる**と思える方が希望がありますよね。

自分ひとりの頭で考えていると「だからわたしはダメなんだ」という、ワンパターンのイヤな結論に向かってしまうことがあります。どんな入り口から考え始めても、通る道を変えても、「だからわたしはダメなんだ」にたどり着く。それをわたしは「**地獄のあみだくじ**」と呼んでいます。それも、「いつものパターン」と同じように抜け出したいですよね。

ループものの映画のパターンも、地獄のあみだくじも、**抜け出すにはまず「自覚する」必要があります**。「またこうなってしまった」と客観的な目で見て、自覚する。自覚できれば5度ずつやり方を変えていくことができる。あみだくじの過程では「こうしてみたらどうかな」「本当にこっちでいいかな」と自分の思考や行動を疑って見ることもできます。

はじめのうちはいつものやり方で「またここに着いちゃった」となっていたものが、だんだん途中で「このまま行くといつもと同じだから変えてみよう」と初めていつもと違うやり方を試してみることができるのです。

「本当にこれでいいのかな？」と疑ってみる。疑う力ですね。これは思考だけではなく、自分が今いる場所や一緒にいる人のような環境に対しても向けてみると発見があるかもしれません。

わたしは今、のびのびできてるかな？　思っていることを言えなかったりしてないかな？

わたしは会社員の頃、自分では必死に頑張っているのに、評価されないどころか下手をすれば嫌がられてしまうことがありました。当時は「何でうまくいかないんだろう」とか「価値をわかってもらえない」と思っていましたが、それは、会社が悪いわけではなく、わたしが場所を間違えていたのだと、今では思います。

自分にとって良くない環境というのは、苦手な人がいるとか、労働環境が悪いというだけではありません。自分の能力をのびのび出せないなら、そこはあなたにとって良い環境ではないといえます。そこにいる人たちからバカにされているように感じたり、逆に「わからないこの人たちが悪いのだ」と自分がバカにしていたり。そうした心境に覚えがあるなら、その場を離れるサインだとわたしは思います。子どもの頃に身近な大人の影響でよくない思考のクセがついてしまったのだとしたら、それは自分のせいではなく、環境のせいなのです。だとしたら**良い環境に身を置けば、良い影響を受けて良い方に変わっていける**。環境が自分をつくると言っても過言ではありません。

「自分」は、誰といるかでいくらでも変わります。

仕事だけではありません。友人関係、周囲で関わる人に対しても「自分にとっていい環境か」を見直し、必要であればそこから離れる。それが自分の行動パターンや思考のクセから抜け出すためにできることのひとつだと思います。

子どもの頃とは違って、**誰と関わるかを自分で決められる**のが、大人のいいところだと思いませんか。

19 サクちゃん さよなら「困難乗り越え物語」

次々に起きるイヤなことを乗り越えながら育ったので、人生とは「困難を乗り越える物語」だと思っていました。そういう設定の主人公なので、わたしは困難を見つけ出すのが得意で、困難があると、「あ、わたしの出番だ」と言わんばかりに自分から寄っていくし、楽な道と困難な道があったら間違いなく困難を選ぶ。今から振り返ると、やめなさいよって思います。

設定が「困難乗り越え物語」だと、困難を乗り越えることを頑張る人になってしまう。もちろん乗り越えるべき困難もあり、乗り越えられてよかったと思うこともありました。だけど、当時のわたしにとって困難を乗り越えること、頑張ることはニアリーイコール我慢すること。我慢するのが人生だと思っていたんですね。それでは乗り越えた先で幸せにはならないんです。

この設定はおかしいぞとはっきりと気づくきっかけを与えてくれたのは、自分の子どもです。わたしとはまったく違うキャラクターで、のんきで楽しそう。世界を信用しきっている。目の前でいきいきと満ち足りた姿を見ていると、わざわざ困難を乗り越える設定をしているのがとてつもなくばかばかしく思えました。

そこからわたしも設定を変えました。わかりやすく言うと、**困難を乗り越える物語から自分を喜ばせる物語に設定を変えたのです。物語のゴールは自分を幸せにすることです。**困難を探して我慢するのを頑張るのではなくて、単純に楽しいことやうれしいことを探して自分が喜ぶことをすることにしました。

かつて、「我慢強い」は褒め言葉だと思っていました。みんなが嫌がることをしてえらいね。我慢してえらいねという意味だと。でも、ある日、尊敬する人に「褒めてないよ」と言われ、「そうなの？」と驚きました。聞くと、「我慢してえらいね」という意味ではなく、「何でそんなに我慢しているの？」と疑問に思っていたそうです。「それに、『いいぞその調子、もっと我慢をしろ』と褒めてくる人がいるとしたらヤバくない？」とも言っていました。

本当にその通りで、幸いにも褒めてくる人はいませんでした。「こんなに頑張っているのに褒められない」と不満に思っていましたが、当然なのです。

「え、わたしめっちゃ我慢してない？」と気がついてから、自覚がない我慢をひとつひとつ見つけて剝がしていきました。

見直してみると、我慢と「仕方がない」という諦めはセットでした。たとえば、本当はもっとお給料が必要なのに、低いお給料で働いていたのは「働ける時間が短いから仕方がない」と諦めて我慢していたからでした。

我慢することで、「本当はこうしたい」という欲を抑えて出てこないようにしていたのです。「願ってもできないから」と諦めるクセが、我慢するクセをつくってしまったのですね。

実際に周りの同年代に比べてひとりで背負わないといけないことが多かったし、それを引き受けて、頑張ることが自分の役割であり、それがいいことだと思っていました。その結果、「人に頼る」という言葉がわたしの辞書にはなくて、頼り方も知らなかった。それも「本当は助けてほしいけど、無理だろう」と諦めて我慢していただけなのです。「我慢しなくていいなら、どうしたい?」と自分に問いかけると、「ひとりでできないことは助けてほしい」という思いが出てきた。

「自分を喜ばせる物語」に設定を変えてからは、周りの人との関係がまず変わりました。「ひとりでできるもん」と抱えていたことも、少しずつ人に頼れるようになりました。最初は慣れないので、「頼ろう」と決めてぎこちなく頑張って頼りました。その結果、いいことが起こりやすくなったら、自然に人の力を借りることができるようになりました。

自分が喜ぶこととは、単純に心がうれしいことだけでなく、体が喜ぶことも含まれます。具体的にいうと、日常を過ごす上で**自分の睡眠・食事・運動のサイクルを大事にする**ことにつながります。どこかに不調がでると崩れていくので要注意。崩れるのもたて直すのも、わたしの場合は睡眠からです。バランスが悪いなと感じたら、まずいい睡眠を取り戻します。

昔からリラックスが下手で体がガチガチなので、力を抜くことも意識しています。夜寝る前はストレッチポールで体のコリや緊張をゴリゴリほぐして伸ばす。スマホを見ないで、光を落として、リラックスして眠れる環境を整えます。他にも、寒いときは布団乾燥機で布団を温めたり、枕は首の状態によって硬めのものと柔らかいもの2種を使い分けたりと、試行錯誤を繰り返しています。

自分がどんな状態だと快適か、どんなことに楽しさを感じ、喜びを覚えるか。いつも自分とおしゃべりをしています。そして、その**快適な場所に自分を連れて行くのは、自分以外の誰でもありません。**「誰かに喜ばせてもらう物語」ではなく「自分を喜ばせる物語」ですから。

IV

快適に生きてる？

20 サクちゃん×スーさん シーツ理論と私の快適

サク 「これ気になっちゃうのは、わたしが細かすぎるのかな」って思うような出来事がこの間あったのよ。

スー シーツを何日で替えるかは人による、みたいな話かな。物理的というより生理的にイヤっていう。

サク そうかも。感覚としてはうっすら「何かイヤだなー」と思っていて、見に行かずにそのままにしてたけど、やっぱり気になってしまって、最終的にはちゃんと見に行って折り合いをつけたんだよね。

スー つまり、シーツ替えた？

サク ベッドを分けた。

スー おーなるほど。シーツを変える頻度が違う人とはベッドを分ける、だ。

サク 平和的解決ができてよかったよ。**それぞれの大事なものをそれぞれ大事にしま**

しょうって。

スー　大切なもののバリューを人と戦わせても不毛だから、各々大事なものを大事にする方向に行くのが一番。どのくらいの頻度でシーツを替えるのが気持ちいいのか悪いのか、自分でちゃんとわかっておく方がいいけど。

サク　自分にとっての快適は大事にした方がいいよね。

スー　**快適とは安心、安全、受容**だと思っていますよ。

サク　快適じゃないことを人のせいにするのもよくないし、「これって快適ですか」って人に聞いても仕方ない。当然だけど**自分の快適さは自分にしかわからない**から。人に聞くようになると、身の周りにあるものが誰かに促されたり、おすすめされたりしたものばかりになって、どれひとつ自分の意思で選んだ気がしない。選んでいるつもりが好きなものではないっていう状態になっちゃう。わたしの好きなもの、わたしの快適って何だっけってわからなくなっちゃうのよ。

スー　仕事、パートナー、住居から服まで、自分を構成する要素を書き出してみて、自分が好きで選んでいるものとそうでないものを分けてみるといいね。「私らしさ」とか「私らしく」をしつこく因数分解していくと、快適とセットになっているはず。「私らしさ」「私らしく」が不快とセットになってるなら、それこそ大至急設定を変えないと。

サク 快適さと並んで「自分を大切する」っていうのもよく言われているよね。なんだかふんわりしている言葉だけど、わたしはその前に自分を蔑《ないがし》ろにしてないかとか、いわゆる**セルフネグレクトしてないかをチェックしてみるのがいいと思う**。歯が痛いのに歯医者に行かない。とかをしていないか、とかね。

スー サクちゃんが昔、「自分を大切にするというのは古いタオルを使うのをやめることだ」と言ってたけど、本当にそうだと思う。暴飲暴食しないとか、健康に気を遣うとか、いま風の言葉で言うならウェルビーイング、**自分に対してきちんとすること**だよね。

サク タオルの話をすると、「まだ使えるからもったいない」とかそういう話も出てきて、お金も関わることだから話すのが難しいんだけどね。

スー うちには使えるけどいらないものがいっぱいあって。セルフネグレクト的な観点から考えると、新しいものに変えた方が良くない？　と思いながらも、まだ使えるからなーって判断を先送りしちゃう。

サク うちは引っ越しのたびにいろんなものを処分してきたけど。部屋が広くて置けちゃうと捨てる理由がなかったりするかもね。

スー　とは言え、何となくどんよりするわけ。断捨離したいわけじゃないけど、この間ドレッサーの一番上を開けたら大量の黒タイツが出てきた。絶対にこんなにいらないのに！　毛玉がついているものも、何かの下ならはいてOKと思っちゃうと処分できない。

サク　タイツって買い足すとどれが新しいものかわからなくなったりするしね。

スー　大切に着ることは大事だけど、丁寧に着るということと、決断を先送りにして判断しないことは別物なんだよね。**ネグレクト全般って、決断を先送りして直視しないこと**だと思う。それで凌《しの》げることもあるけど。ちゃんとした方が気持ちはいい。半年に一回は下着を全部捨てて入れ替えるという友達がいて、その人はすごくちゃんとしてる。

サク　わたしはタオルでそれをやってるよ。毎日使ってると古くなっていることに気づかないから、あるとき突然総とっかえするの。捨てる前にそれで家中掃除してね。昨日まで顔を拭いてたタオルで換気扇を拭くという背徳感よ。

スー　床を拭いたら捨てればいいのに、私はそれを洗って溜めちゃう。だからうちには人に見せられない雑巾の山がある。

サク　捨てればいいものをとっておきがちというスーさんの意外な傾向が見えてきた

ね。

スー 大豪邸に住んだら何も捨てなくなるかもしれない。とにかくうちはものが多い。

サク 部屋は本人に似るというけど、そうなのかな。

スー 部屋を綺麗にすると気持ちがいいのは間違いない。見ないことにして判断を先送りにしている問題が部屋で顕在化する。

サク 自分が弱るとまず部屋が荒れるじゃない。体より先に部屋が荒れるよね。

スー そうそう。私は定期的に人を招くことで回避してる。見栄があるから。人と関わることで人はちゃんとするんですよ。

サク あー、いいね。人の目、大事。

スー **他者を介在させることで人はちゃんとする。**そんなことで私の真価なんてわからないよっていうのもおっしゃる通りだけど、そんなところでジャッジされたくないならちゃんとした方がいい。となると、毛玉のついたタイツは処分した方がいいね。

V

スーさん

私はこうやってきた

21
スーさん 私の正攻法

何か怪しいぞ？　と思ったとき、私は**他者の「言葉」ではなく「行動」を見て判断するように**しています。言葉では何とでも言えるけど、**行動は嘘をつけないから。**自分だってそうだもの。だから、行動がすべてだと思っているフシがあります。

生き方に正解はないけれど、正攻法はあるかもねとも思っています。

嫌なことがあったときは部屋の中で膝を抱えて悩むだけではなく、悩みを書き出したり、同じことで悩んでいる人がいないか調べたり、自分の周りを注意深く観察したり、**とにかく動く。**動かないとわからないのです。考えることは必要だけれど、止まったまま考えていてわかることは、今まで私にはありませんでした。

何となく不満がある。自分をくまなく観察して、不満の理由を見つけ出す。どういうときに機嫌がよくなって、どういうときに不機嫌になるかとか。次に、不機嫌になる要素を排除することは可能か検討する。取り除くやり方を調べる。一朝一夕には解決できないと判明したら、自分の物事の捉え方を変えることはできないか試行錯誤する。**捉え方を変えた上で、やれることを実行する。**これを繰り返せば、私の場合はある程度まではうまくいきます。

私にも、「うまくいかないのは私に能力や魅力が足りないからだ」と思っていた時代があります。でも、違った。動いてなかったからだった。もしくは、やり方を知らなかったから。あるいは、やりたくないことだったから。言うなれば、動き続けられるほどの興味が持てなかったからでした。そりゃ、うまくいくわけがない。

小学生の頃は、飽きっぽいし集中力がない子どもでした。中学受験も高校受験も第一志望校には落ちて、親からは頑張りがきかない子だと言われてきました。それが大きな心の傷になったことはないけれど、自分でも「そうなんだよな」くらいに思っていました。緩やかな諦観。しかし、興味が持てることなら、むしろ諦めが悪いくらいしつこい性格だってことが、大人になってわかりました。やりたいことがハッキリしていないから、そうわかるまでに時間がかかったのだと思います。

仕事を始めてからわかったことがあります。私にとっては**「これ、面白い！」と思える瞬間がなにより大事**だということ。面白い！　が、私の頑張り起爆剤です。言い換えるなら、**好きという気持ちをどれだけ追いかけていけるか。**「やりたいこと」と言われるとポカンとしてしまうけれど、「好きなこと」と言われると、都度思い当たる節は出てくるのでした。

仕事では宣伝プランを考えたり、それを実行してうまく物事が運んだりするのがすごく面白かった。**面白いと思えることなら、結構頑張れる**ことがわかりました。勉強でも運動でも頑張れなかったのに。

頑張っていたら、やがて頑張り方がわかるようになりました。今まで、まったくもって効果が出ないやり方で中途半端にしかやっていないこともわかりました。ならばそのやり方で他のことも成し遂げられるかと言えば、興味が持てないことには頑張れないから無理。めちゃシンプル。

信頼できる人から「やってみたら？」と言われたことをやってみたら、私には得意なことがあるのがわかりました。信頼できる人が「やってみたら？」と勧めてくれる、私にとっては思いもよらなかったことは、たいてい他者から見て私が得意そうに思えることでした。やってみると、**得意なことも意外と頑張れる**ことがわかりました。

好きなことや得意なことを伸ばすのが向いている人と、ゼネラリストとしていろんなことの平均値を上げていくのが向いている人がいます。私は完全に前者です。平均値を上げることが苦手で、好きなことや得意なことを伸ばしていけばどんどん伸びる。

だから**苦手なことは人に任せて手を出さない**ようにしています。そして**やりたくないこと、嫌なことはやらないを徹底する。**

問題は、好きなことや得意なことのなかにも苦手なことが潜んでいることです。たとえば、歌を歌うのが好きで得意だと仮定します。歌はうまいけど、さらにうまくなるためには地道な練習の積み重ねが必要になる。「地道な練習」は、飽きっぽい私にとっては苦手分野に入ります。さあ、どうする。

苦手なことは克服しない派の私ですが、こういうときは**得意を伸ばすために必要な苦手に向き合ってきました**。なぜかというと、「好きなことがうまくできるようになる」が面白いことに気づいたのと、できることや得意なことだけやり続けていると、いつまで経っても自信がつかないことに気づいたからです。人にはわからなくても、自分にだけは手を抜いたことがバレてしまうので。

私のオリジナル正攻法にはもうひとつ大切なことがあります。環境がヤバいとわかったときの動き方です。自分のことで言うなら、35歳で実家に戻り親の仕事を手伝い始めたあたりが地獄でした。居場所はないし、体調も悪くなり、歩いていると片方の目からだけ涙が出てきたのです。あ、これはヤバいなと思いました。

そのとき生まれて初めてカウンセリングを受けました。時間が限られていたので、ちゃんと説明できるように自分が置かれた状況と心境についての資料をつくりました。それを見て、カウンセラーが言いました。「この人（私）、可哀相ですよね」と。なるほど、この人（私）たしかに可哀相な状況に置かれている。なんとかしなくちゃと、そのときしっかり思いました。このままここにいても、事態が自然に改善することはないと確信したのです。それで、歪《いびつ》な形で存続していた親子関係の距離を取り直し、維持にお金がかかりすぎる実家を手放すという決断をしました。かなりハードな出来事でしたが、あのときああしてなかったら、今頃どうなっていたことか。

この場所にいたらダメになる。そうわかったときには、自分を責めることなく脱出が一番です。そう簡単には脱出できない、そこから動けないというケースもあるかと思います。**すぐには脱出できなくても、絶対に諦めないことが大切**です。会社のパワハラやパートナーのモラハラなど、今すぐには動けなくても、いつか動ける日のために準備を進めましょう。

パワハラやモラハラを長期間にわたって真っ正面から受け止めてしまうと、自己評価が下がるだけでは終わらず、怒りが溜まることがあります。真っ正面からの反撃はできないから、受動的攻撃《パッシブ・アグレッシブ》というかたちで出てくることもあります。これを始めてしまうと、周囲から応援してくれる人がいなくなります。

小学生の頃、父親から「お前は暗い」と一蹴されたことがあります。当時の私は怒られたり嫌なことがあったりすると、うじうじした姿をわざわざ親に見せつけて、あなたが私をこんな目にあわせたとパッシブ・アグレッシブな態度をとっていました。正当に怒って言っても通じない、勝てない、言い負かされる相手に対する私なりの攻撃だったとは思いますが、これをやっていたらダメだと自分でもどこかでわかっていました。サッカーボールを蹴っ飛ばすかのように父親から飛び出た「お前暗いんだよ」の一言が荒療治となって効きました。基本的にムカつく親にも感謝するポイントがあるので物事は複雑になりますが、それはそれと切り分けて考えています。

22 スーさん 想像力をポジティブに発動させる

想像力とは無から生み出されるものではなく、自分が経験した数々のことから見出された共通点をもとに再構築した自分なりの答えと、一般論に照らし合わせた答えのミックスだと思っています。より強く作用するのは、自分が経験してきたことです。

たとえば、挨拶したのに知らんぷりされたとき。過去に無視をされた経験があると「これも無視に違いない」と思ってしまいますが、そういう経験がない場合は「たまたま気づかなかったのだろう」と思うことができる。

悲観的であることの利点は、トラブル回避ができる可能性が高まることです。欠点は、トラブルを避けたいあまりにすべてを疑い、可能性を閉ざしてしまうこと。楽観的であることの利点はその逆です。

私はおめでたい楽観主義者なので、遠まわしに何かを言われても気づかないことが多くあります。あとから人に言われて驚くことばかりです。情報をネガティブにすくいとることができないので、不用心だとも言えます。当然、騙されて傷つくこともあるわけですが、おめでたいのですぐ忘れる。

もちろん、私にもネガティブになるときはあります。SNSでエゴサーチをすると、悪口を発見することもある。体調が芳しくなかったりすると、たったひとりの声が、まるで純然とした事実かのように目に入ってきてしまう。好きと言ってくれる人の方が多いにもかかわらず、好きじゃないという1分の1を事実として強化するために、他にもそういう声があるのではないかと探してしまう。そしてふと気づくのです。あぁ、イライラするためにやっているなあ、と。イライラエンターテイメントですね。結果的に、トラブル回避になっていない。そういうこと、身に覚えがある人もいるのではないでしょうか。こうした自傷行為には中毒性があるので、致命傷にならないよう気をつけています。

過去に一度か二度経験した嫌な出来事から導き出した予測に引っ張られ、新たなチャンスを前にチャレンジできなかったり克服できなかったりという経験もあります。失敗したってどうってことないのに、自分に自信がないから「失敗しないこと」に最も高い価値をつけてしまう。これでトラブルが回避できても、まったく自信にはつながらないので要注意です。ここ、大事なのでもう一度書きますね。「**トラブルを未然**

に回避できるのは素晴らしい才能だが、それを研ぎ澄ませてチャレンジから逃げ続けていると、トラブルは回避できても自信にはつながらない」のです。

ネガティブに寄せるか、ポジティブに寄せるか。**想像力をどうやって原動力に変えていけるか。**ネガティブな想像力に振り回されず、できる限りおめでたくいく。「おめでたい」を詳しく書くと「何でもすぐに信じてしまう」ではなく「**ダメだったとしても立ち直れないほどのダメージにはならないし、自分の価値を根っこから毀損することにはならない**」となります。そう考えることができればチャレンジのハードルは下がりますし、ある程度慎重になることもできます。客観的な視点を持ちながら、おめでたく選択していくこともできるのです。

23 スーさん「私はこう」と自分を決めつけなくていい

30代半ばに付き合っていた彼は、おだやかで楽しい人でした。目を見張るような学歴の持ち主で、有名な会社に勤めていました。付き合おうと言われてびっくりしたけれど、やったね！　とも思いました。それは、私も彼のことを好きだったからだけではありません。

彼と付き合った理由を丁寧にひもといていくと、「こういう人と結婚したら、世間が認める幸せが手に入る」という考えがあったのは否めません。相手のことを考えると失礼千万な話ですね。

でも、性格も体格も声の大きさも何もかも全部「普通」から外れてることがまだまだコンプレックスだった35歳の私にとって、彼は最後の一発逆転ホームランみたいな存在だったのです。常に外れ値だった私が、俗に言う高スペックな相手と35歳で結婚。なんと美しい独身エンディングでしょう！

その頃の自分の写真を見ると、これは誰だ？　と不思議な気持ちになります。髪型もメイクも表情もおとなしめで、私ではない他の人みたい。彼が私にそうあるよう求めたわけでもないのに、私は「こうあるべき」を自分に課していました。

ファッションとか振る舞いとか、そういった諸々を世間一般でいうところの「適度にオシャレで普通からははみ出ない人」に、自分で寄せていきました。当時は、うまくやれている自分にうっとりしていたと思います。

と同時に、私ではない、もっとおしとやかで家庭的な女性との方が、彼にはお似合いではないかといつも思っていました。私の本性がバレたらまずいとも思っていました。まあ、バレていたと思うけれど。いろいろあって、8か月で別れました。未《いま》だに最短記録です。

決して、苦々しく恥ずかしい思い出ではないんです。彼のことは好きだったし、あれはあれで必要な時間でした。好き勝手に生きながらも尾てい骨のように残っていた「こうあるべき」をやり切った結果、やはり私には向いていないと諦めることもできました。

私はこういう人なの！　と、自分の殻を強固にするより、好奇心があったら何でもやってみればよいと思います。しっくりくればそのままでいいし、こなかったらやめればいい。**「しっくり」だって年々変わっていくのだから、「自分とはこういうもの」と決めつけなくていい。**

結果、同じところに戻ってきても、自分自身の捉え方は以前とは変わっているはずです。同じところに戻っても精神状態まで元の自分に戻るわけではなく、**「こういう私」に肚落《はらお》ちして自己受容ができるようになります。**

別れたあと、女友達は口をそろえて「彼はとてもいい人だったけれど、あなたはなんだかいつもとは違う格好をしたり、振る舞いが変わったり不思議だった」と言いました。「合わないいんじゃないの?」と頭ごなしに否定はせず、変だなあと思いながらも見守ってくれた女友達に心から感謝します。

24 スーさん NO、それは可能性

「それは違うんじゃない？」「これは不愉快だよ」と、怒りや異論を正しいときにちゃんと表明できる人は素敵です。かつては我慢強い方が人徳があると思っていて、不愉快だったり嫌だなと思うことがあっても、平気なフリというのかな、何でもないことのように振る舞っていたこともありました。でもあるとき、私に我慢を強いたり軽んじたりする人たちって、何の考えもなく、ただムードや雰囲気で無意識にやってるって場合が少なからずあることに気がついた。そしたら急にばかばかしくなって、そんな人たちのために我慢するのはやめようと決めました。そこから徐々に、私はふてぶてしくなりました。

講演会でよく言うのが、「**50過ぎたら女は舌打ち**」です。ムカついたときにムカついた顔をするのは大事ですよという話をしてます。というのも、中年女性はえてしてみんなのサポートをしてくれる、ものわかりのよい妖精のような存在として扱われることが多い。不愉快なことをされたときには、それが不愉快だとちゃんと伝えた方がいいと思っています。結構大きい音の舌打ちをすると、みんなビビります。それで事態は変わっていく。家で舌打ちの練習してください。

もちろん、力によって常に相手を抑圧しようとするのは良くないし、まずは話し合いや譲り合いが大切。だけど雰囲気やムード、あとは勝手に見下してくる相手に対しては舌打ちで十分。

「私らしさを手に入れる方法」や「なりたい自分になる方法」をよく聞かれますが、**「嫌なときにはノーと言う」が第一歩です。ノーと言った方が、不思議なもので選択肢は広がります**。選択肢が狭まるように思えて、実は拓ける。若い頃に知っておきたかったことのひとつです。

ノーと言うことに罪悪感を持つ人が多いけど、際限なく踏み込んでくる相手にはちゃんと言っていいんです。

会社員時代は、無理なことでも「大丈夫です」と引き受けるのができる仕事人と思っていました。一理あります。でも、それが健康を害するほどの過剰な負担になるなら、「できません」と言った方がいい。一旦は可能性を探ってみた方がいいけれど、引き受けないことがあってもいいんです。

本当はざらっとする気持ちがあるのに、嫌われたくない、ことを荒立てたくない、向き合うのが面倒、そういう理由でそのままにしてると、薄皮一枚の違和感がミルクレープみたいにどんどん重くなって、ある時点でもう手がつけられないような巨大な不満になってしまう。

私は頻繁に「やだー」を口にしてます。やりたくない、行きたくない、会いたくないって。言い続けてると周りも諦めるようになるしね。はっきり言った方が後腐れもありません。

25

スーさん

人の期待に応えすぎない

今年51歳です。この先の人生、目標を掲げたり夢を持ったりするつもりは今のところなくて、これまで通りやっていこうと思っています。「やりたいこと」が特に出てこない限り。でも、**惰性で「やりたくないこと」をやっていないかは四半期ごとくらいにチェックしないといけない**とは思っています。年齢を重ねると回避する力が衰えてきて、まあいいやとやりたくないことをやり続けてしまうことがあるから。たとえば、**人の期待に応えすぎていないか**。私ではなくてもいいことを、やりたくもないのに続けていないか。**誰かにがっかりされるのが面倒で、とりあえずやっていないか、**など。

自分に価値があることを他者に知ってもらう手段として、人の期待に応える行為が功を奏することもあります。でも、私自身は人の期待に応えすぎないことを心がけています。なぜなら、他者の期待が私のいいところを伸ばすとは限らないからです。その人が喜ぶことや、その人が望む私になることは、私にとって単純に面倒くさかったりもする。なにより、人の期待に応えるのはある程度まではいいけれど、それだけになってしまうと忙しくなるだけで、虚しさしか残りません。私のことを親身になって考えて期待しているとは限らないし。ここの見極めは非常に大事。

しかし、信頼できる人が「やってみたら」と言ってくれたら、先述したように、とりあえずやってみます。これも大事。なぜなら、私のいいところを自分だけが知っているとは思えないから。私にとって信頼できる人とは、仕事なら、他者を道具のように使わない人。プライベートなら、長く私のことを知っている友人。そういった人たちの助言に乗っかって、仕事の幅が広がってきたのは間違いありません。信頼できる船頭が「こっちの船に乗ってみなよ」と言ってきたら、とりあえず乗る。でも、信用できるかわからない船頭の誘いには一切乗らない。

人の期待に応える話をもう少し続けましょう。親の希望で選んだ学校とか、周りの希望に沿った就職や結婚って、一見うまくいったように見えて、本人はたいして幸せを感じられていないという場合があります。**周りが望むことを叶えても、自分の幸せ度合いがアップするとは限らない**んです。出来事としてはうまくいっているのに幸せを感じられないなら、人の期待に応えすぎている可能性があります。あと、「過去の自分」の期待にも。やりたいことなんてどんどん変わるから、昔は満足したけれど今はそうでもない、なんてことはザラにあります。そこに罪悪感を持たなくてもいい。もちろん、大きな責任が伴うことを途中で放り出すのはよろしくないけれど。それでも、途中で「やーめた！」と言わない方がいいのは、子育てくらいではなかろうか。

一方、私の場合「やりたいこと」は思いついたときにはもうやっています。髪を切ろうかどうしようか悩むようなことはほとんどない。切るまでに時間を要するとしたら、単純に美容院に行く時間がないだけ。昔からそうでした。すぐにやってしまうので、猛烈に「これがやりたい!!!」と思ったことは生まれてから一度もないかもしれません。あ、大切な人との別れだけは慎重になるかも。ふと「別れたい」と思っても、何か月もじっくり考えます。突発的に決めていいことと悪いことがあるから。どうやって区別をつけるかと言うと、その後の人生を想像して、今より窮屈ではないと判断できたら実行する。ひとりになった方が満たされると思うなら実行する。まあ、たいてい実行してしまうのですが。

ちなみに物欲レベルでの「これが欲しい！」もたまにしか出てきません。めちゃくちゃ高いものだとじっくり考えます。数か月経ってもまだ欲しかったら買います。逆に、今の自分にはどうしても買えないものを欲しいと思ったことは学生時代からありません。分割払いをしたことが一度もないのはお金が潤沢にあったからではなく、一括で買えないものを欲しいとは思えなかったからです。だから私はいつまでも賃貸住宅なのだろうな。

そんな私にも、何でもできるとしたら何をやりたい？　と問われたとき、あまりに無防備すぎて人には恥ずかしくて言えないようなこと、普段だったら思いもしないようなことが唐突に顔を出すことはあります。**その正体が、ある種抑えつけられている欲望**だと思います。そういうのが穴倉からチラッと顔を出したときには、注意深く観察します。何でこう思ったんだろう？　私は自分に何か禁止していることがあるのかな？　と。そして、自分で自分に禁止令を出しているだけだとわかったら、少しずつやってみる。楽しかったら続ける。思っていたのと違うと思ったら引き返す。引き返すけど、未練があったら手放さない。タイミングはまたやってくるかもしれないから。でも、囚《とら》われすぎて日常生活に不満が募るほどには執着しない。何ごとも塩梅が重要。

VI

さあ、本番よ

26 サクちゃん×スーさん 再設定・ライツ・カメラ・アクション

サク ささて、ここまで話してきて、今さら改めて思うのが、スーさんとわたし、本当に見えてるものが違っていたね。ここまで違うのか、というのが一番大きな驚きだった。

スー 同じ窓から見てるはずなのに、え？ あの赤い屋根の家が見えてないの？ 嘘でしょう？ ってなったね。

サク 屋根は見えてないけど、こちらには地面の石は見えてますよ、とかね。普通に出し合うと違いすぎて何も言えなくなって「住んでる世界が違う」で終わりそうだけど、そこから玉ねぎの皮を一枚ずつむくように、中身がこうなってます、みたいな説明を互いにしていくと、異論はなくなったよね。

スー 異論はないし、結局のところ自分がどっちを見ることを選ぶか、なんだと思った。私は世界をこういう風に見たいけど、それを他者に強要はできないしね。

私／ 赤い屋根の家
わたし／地面の石

世界をどう見るかで自分の可能性は広がりも狭まりもするから、私は広がる方の見方をしたいけど。

サク　**自分の物語の設定は自分が決める、自分で変えられる**ってことね。

スー　そもそも、ポジ設定もネガ設定も自分が決めてるんだよね。決めるに至るまでのところで、他者からの影響はかなり受ける。それでも他者が設定を決めるわけではなくて、決めるのは自分。まずそこだね。**決めてるのは自分って気づけると次の段階が見える**。自分物語の脚本を自分で書き換えて、設定を変えて、物語を進めていけるようになる。全部自分次第。

確認事項が幾つかあるね。その**物語の主人公はちゃんと自分に設定されてる？　ライトの位置はOK？　カメラの位置はOK？　脚本は大丈夫？**　問題があるなら**再設定**。再設定からの**ライツ・カメラ・アクション**。

サク　生まれて数年の不運みたいなものは自分では選んでないから、運がいい悪いは絶対にある。かといって、**運が悪いからって一生不幸ってわけでもない**。**自分で変えられること、変えられないことの区別ができればね**。たとえば親は変えられないけど、**離**れることで距離は変えられるとか。絶対に変えられないと思うか、変えられると思うかの違いはめちゃくちゃ大きい。設定は変えられる。

自分で脚本を書き換えていけるっていつ気づけるか、人によってそのタイミングが違うのよね。

スー 親がめちゃくちゃで、子どもを適切に扱わなかったことで発生してしまった設定は子どものせいではない。これは100パーセントその通り。ただ、その設定を維持するか、変えるかの自由はその人にはある。そこにまず一回立たないといけない。

サク 早く気づきたいね。どうしたら気づけるか。

スー 理屈として一回腑《ふ》に落ちるとだいぶ違うのかな。

サク **イヤだと思ったときに足掻《あが》くといいんだろうな。**無駄だとしても**足掻いて足掻いてようやく見えることがある。**見えちゃえばこっちのもんだから。

スー 体感として私が一番効果的だと思うのは、**居る場所を変えること**だな。それも**何回か変える。**何度変えても同じことが起きるし同じ結果になるならそれは自分のせいだけど、たいてい場所を変えるとうまくいくのよ。

サク そうそう、いい人がいると思える新しい場所で練習するといいね。そのときひとつ注意したいのはライトの当て方ね。過去こうだったからこれからもこうなるはずとか、**過去のイヤなことにライトを当てちゃうのはおすすめしない。**意外と**過去の握力が強い人が多い**のよ。わたしもかつてそうだったからわかるけど、過去を見るのが得意だと、過去の悪い方にどんどん寄せてしまうクセが出る。

スー それ、私はやらないやつだ。本当に過去を忘れているから。過去から影響を受けることがあんまりない。

サク そこが、スーさんとわたしの大きな違いだね。わたしは過去を見るのが得意だからこそ、過去を材料にして分析することで変わってこられたから、過去の握力が強いのは必ずしも悪いことばかりではないのだけど。

あとは繰り返しになるけど、**ライトがちゃんと自分に当たってるか**。あの人がこうしたからこうなったとか、人のせいにしてないか、だよね。どこにライトを当ててるかで見えるものが違うし行き先が変わるし、話が通じたり通じなかったり、すべてが変わってくる。全部ライト次第。一番重要なのは、その**ライトは自分で操作できる**ってところ。

スー 照明係は自分です。誰かが当てるものではありません。

サク アクションもそう。行動した人には必ず「やったし」が残る。

スー そうそう、**どんなことであっても行動したら、それは必ず自信につながる。**

サク　どんな小さな「やったし」でもいい。確実に成功する100パーセント自信のあることとしか「やった」にカウントしない人がいるけど、そんな完璧を求める必要なし。**小さな「やってみる」で一歩を踏み出してほしい。「やった」の定義も、「できる」の定義も、自分のライトの当て方次第。**

スー　それから、私とサクちゃんの大きな違いは他者に対する警戒アラートの鳴り方だったね。私だって嫌なこともされてきたし嫌な経験もしてきたけど、それが記憶に残らないというか、良くも悪くも影響されないのが私。他者に対する警戒警報が私にはあんまり存在しない。だから同じ間違いを何度もするんだけどね！

サク　この先、わたしがスーさんみたいに他者に対して無警戒になることは多分ない。なぜなら幼少期の経験から自動的に作動しちゃうし、やっぱりヤバいものに巻き込まれたくない気持ちが強いから。

スー　私だってここ数年だけでも、長年の友人だと思ってた人からお金取られたり謂《いわ》れのない悪口を言われたり、いろいろあったよ。でも、その瞬間嫌でも、それが未来にあんまり影響を及ぼさないんだよな。おめでたいといえばおめでたいけど、それも結局ライトの当て方なんだと思う。**失敗したことより、そこから**

サク **立ち直った場面に常にライトが当たってるから、また挽回《ばんかい》できるって思ってる。**

他人が自分に影響を及ぼすことについては、わたしは今ではかなり意識して向き合ってる。**「影響されませんよ」とか「それは受け取りませんよ」という意思を持って向き合う。**

スー 「受け取らなければ傷つかない」というのを意識的に1個ずつやってる感じかな。自然に立ち上がれるからほっといて平気っていうスーさんの感覚は、ちょっと笑っちゃうほどわたしにはないな。わたしは学習型。レミさんに内側にいてもらうのと一緒で、工夫や努力が必要。

私も子どもの頃はパッシブ・アグレッシブで嫌な子だったし、自嘲することで自分の居場所を見つけようとしてたし、どうせ私なんかって思ってたよ。それが50過ぎたらこれですよ。

サク そうね、場所を変えることで性格は変わるね。

スー 声を大にして言いたい。「だからあなたも引っ越して」って。

サク 自分が変わりたいと願うだけじゃなくてね。

スー 意思も必要ではあるけど、それだけじゃない。

サク わたしはスーさんと話してて「絶対そっちの考えの方がいいじゃん」って思うことは採用するようにしてる。あの人ならどうするかな、わたしもそうしてみようって、もともと自分の中にはないけど良さげなこと、**よく見えるものは自分に取り入れるようにしてる**よ。

スー　それが他者と関わるってことだよ。

サク　つきつめて考えれば、**一番デカい欲として「幸せになりたい」がある。**その手前の小さい「本当はどうだっけ」「どうしたいんだっけ」に1個ずつ向き合う。地道な作業だし道のりは長いけど、アクションだよね。やってくしかない。

スー　そう。**再設定・ライツ・カメラ・アクション**。

サク　呪文のように唱えて、トイレにも貼っておこう。

スー　再設定したって初期設定に戻っちゃうことがあるから、毎回再設定できてるか確認した方がいいね。

サク　脚本家兼監督兼カメラマン兼照明係。かつ俳優。全部自分。

スー　自分の都合に合わせて他者に「このセリフしゃべらせよう」とかはダメよ。

サク　そうそう。**みんながそれぞれの主人公だから。モブとして登場させるのはよくない。他者を尊重するってそういうことだよね。**

サクちゃん

おわりに

Podcastで「となりの雑談」を開始して、わたしとスーさんはずっと「わからなさ」を交換してきました。わたしに見えているものについて話すと、何度も「どういうこと?」と聞かれ、その都度何度でも説明してきました。

わたしの想定では「そういう人っているけど、どうしてそう考えてしまうのかわからない」という「わからなさ」だと思っていましたが、実際には「え、そんな風に考えてしまう人がいるの?」と、スーさんにはその存在すら見えていなかったことにとても驚きました（そこからか！　と腕をまくりました）。

わたしたちは、同じ世界に生きているようで、見えているものはあまりにも違います。こりゃあ話が通じないわけだと、途方に暮れるほどです。

では、わかり合える人とだけ関わっていれば楽なのかと言えば、それではどんどん世界が狭くなる一方です。**わからなさを「怖い」に変換するか、「おもしろい」に変換するか。**わたしとスーさんは「おもしろい」に変換できたから、話せば話すほど、わからないことは増え、同時に見え方の種類が増えました。端的に言えば、**ひとりでは世界は広がらず、広げるには他人が必要なのだと思います。**

わたしは、子どもの頃から20代にかけて、自分の居場所や環境を自分で選ぶという感覚がとても薄かったように思います。いつでも「そこにいていい」と思えず、どこにいても所在なさを覚えていました。我が強いわりに欲も自信もなく、半ば自分で立つことを諦め、流されては岩にぶつかり、溺れかけ、息も絶え絶えという感じでした。そんなんでよくやってきたよと称《たた》えたい気持ちもありますが、「しっかり立って！」「ちゃんと選んで！」とツッコみたいです。

Podcastでも、この本の中でも、「自分のプールで泳ぐ」とか「ハンドルから手を離さず運転する」などといろいろな言い方で話してきましたが、それらはすべて、**自分の足で立ち、自分で選び、進む**ということです。

大人になるにつれ、なんだかうまくいかないな、このままではイヤだなと、試行錯誤してきました。イヤだなと思えたのは、このまま不幸なのはイヤだ、幸せになりたいと思えているということで、そこを掴んだのが第一歩目だったような気がします。時間をかけて、どうにか取り戻すことができてよかったです。それはかりはグッジョブと言えます。

どうにか足掻いて土の中から出てきても、まだまだ体のあちこちに土がついていて、何度も払い落とす必要があります。スーさんのような他者が「土ついてるよ」と払ってくれることもあれば、他者に触れた際に相手についてしまったのを見て気がつくこともあります。ただ、土を投げつけてくる人からは離れる判断ができます。土から上がればOKということではなく、これからもよくありたいと意識し続けていくのだと思います。


自分がよくありたい、変わりたいと願うとき、一番大事な見極めは、変えられることと変えられないことを区別することだと思います。

生まれた環境や親は自分では選べないし変えられないけれど、**大人になったら誰といるかは自分で選べるし何度でも変えられます。** 性格は変わらないと思うかもしれないけれど、**誰と一緒にいるかでいくらでも変わります。** ネガティブな考え方も、いつからかそういうクセがついただけで、**時間をかけて新しいクセをつけていけば考え方も変えられます。** 行動に関しても、いいことが起こる方を選べるかどうかは、**自分を幸せにする物語の設定になっているか**どうかです。その設定も何度でも変えられます。

変わらないと思っていたことが、実は変えられると知って、「変えられるんだ！

やってみよう」と思うか、それでも「わたしにはきっと無理だ」と思うか。そこにも差ができてしまいますよね。わかるよ、20代のわたしも「無理だ」と言っていたと思うから。実際に何をしてもダメなタイミングってあるし、手っ取り早く一気に全部を変えようとしてうまくいかなかったりもします。でも、そうやってショートカットすることは難しいのです。こればかりは、ひとつひとつ、淡々と、こつこつと、練習しながら時間をかけるしかないのです。

だから、今すぐは無理でも、いつかできるタイミングが来たら、思い出してくれるといいなと思います。

この本を読んで、自分はどうかな？　と考えるきっかけになったり、読んだ後で誰かと話してみようと思えたりしたら、とてもうれしいです。どこかで雑談が生まれているといいな。

それでは、またどこかで。

スーさん

おわりに

最後まで読んでいただき、ありがとうございました。

サクちゃんと話していると、着地はないけれど、お互いに「へえ〜！」となることが多く、飽きません。飽きないって、続けていくのにとても大事な要素ですよね。つまんなかったら、嫌になっちゃうもんね。

つまんなかったら嫌になる、のあとに私がつなげる文章は「だから、できるだけ早くそこから脱出する」です。だから、そうはできない人が少なからずいることを不思議に思っていました。でも、そうはできない理由があることを、サクちゃんは教えてくれました。

先日、友人と話をしていたときのことです。子ども時代に親から「やめておきなさい」と言われた場合、それは「あなたには無理だから」という意味だったと友達は言いました。「やめておきなさい」の真意は、失敗は許されないという意味でもあると聞きました。衝撃的でした。失敗して傷つかないようにするための親心だとは思いますが、そんな風に可能性の枝をチョッキンされたら自己受容ができなくなって当然ですよね。

うちの親はハチャメチャなのですが（主に父が）、ありがたいことに子どもと親は別人格という点においては認識がハッキリしていました。それに気づいたのは大人になってからです。サクちゃん風に言うなら、あなたと私のプールは別だとわかっていた親。運がよかったと思います。いや、どうかな。度を越してハチャメチャだもんな。

それでも私が**「世界はあなたを傷つけないようにはデザインされていない」と「何人も私を傷つけることはできない」が同時に成立すると信じられるのは、他者との線引きができていたからかもしれません。**自分の価値を他人の気分で決められては困ると、真剣に思っています。いや、傷つくことはあるんです。意図的に傷つけられることもあるし、勝手に傷つくこともある。でも、悪意を持って傷つけられたと感じたら「そんな失礼は受け容《い》れないぞ」と線引きをして拒絶するし、勝手に傷ついたときは時間をかけて癒やす。結果的に、致命傷にはなりませんでした。ふざけんなー！とはなるけどもね。

他者との境界線がうまく引けないと、自分と他者を同一視して自己価値を他者の判断に委ねたり、はたまた限りなく他者を警戒して遠ざけたりしてしまう。社会システムが抱える問題が生む生きづらさとは異なる「生きづらさ」の一部は、そういうことから生まれるのかも。これはサクちゃんとの雑談で私がたどり着いた答えです。

私がそれを知り得たのは、お互いが境界線を引いた上でサクちゃんと交流を持ったからです。ひとりではたどり着けませんでしたし、境界線が引かれない場所で話していたら険悪なムードになっていたかもしれません。

誰かと交わらないと、知り得ないことが世の中にはたくさんある。つまり**他者との境界線を健全に引いた上で、他者と関わると、世界が広がる。**どちらが先というよりも、どっちもやりながら少しずつ。

人と関わるのと同じくらい大事なのが、**有害な人からは離れる**ことです。それは家族だったり、パートナーだったり、友人の輪だったり。罪悪感は必要ありません。特に30歳を過ぎると、旧来型の価値観でいうところのマトモな大人枠からはみ出た人たちが自然に流れ着く中州のような場所があって、マトモな大人の成果を見せずともジャッジされることがなく居心地も良いので無自覚に居続けてしまうことがあります。意地悪な名前を付けるなら「自嘲クラブ〜私たち俺たち所詮この程度同盟〜」とでも言いましょうか。私も無意識にそこに属していたことがあります。

でも、ちょっといいことがあったり、良いことをしたり、何かがうまくいったりすると、そんなことはなかったことにされたり、うっすら嘲笑が起こったり、いい気になるなと言わんばかりの揚げ足をとられたり、一時的に仲間はずれにされたりすることがある。そうなったら要注意です。自己価値を他者に委ねてしまうことに慣れていると、そういう変化に慌てて大袈裟《おおげさ》に自嘲＆自重して輪のなかに戻ろうとしてしまうのですが、そんなことを続けていると幾つになってもそこに留まって、自信の持てない自分とやっていくしかなくなってしまいます。

自己受容に必要なのは、いいことがあっても悪いことがあっても「自分はここにいても良いのだ」と思える場所を確保することです。「自分はここにいても良い」と思うためには、**その場所が快適であること**が必須です。暑すぎる場所や寒すぎる場所、3分に一回ライオンが襲ってくる場所が快適とは言えないように、快適とは安心、安全、他者からの受容と同義です。調子が悪いときも調子がいいときも、心を休めたり活躍したりできる場所。うまくいってもいかなくても、私はまあまあ上出来だと最終的には思える環境。誰かに必要とされていること、役に立っている実感があることもポイントになります。

そんな場所、あるんです。そういう場所に生まれてくる人もいるし、そうでない人もいるし、そういう場所に生まれてきたのにそうではない場所にたどり着いてしまった人もいるし、そうではない場所に生まれてきたけれど自分でそこから抜け出した人もいる。と同時に、自分にダメ出しばかりしていると、ネガティブな思いを補強してくれる場所に留まってしまう。または、誰かに必要とされなければダメだ、役に立たなければダメだと不当な搾取を容認してしまう。そんな風にならないためには、やはり「快適か否か」を己に常に問うていくしかありません。

あなたはダメだからこうした方がいいよ！　と言いたいわけではなくて、いま居心地の良い場所にいるとは言えないかもな〜と思うならば、そこからいなくなることはできる、その力は養えると私はお伝えしたい。「あなたと私は違うのよ」と思われたとしても、「違うかもしれないけれど、そういう場所があることには変わりないから、それはちょっと覚えておいてほしいかも」と答えます。では、またどこかで。

初出
本書は、TBSラジオのPodcast番組「となりの雑談」の
内容を再構成・加筆修正し、書き下ろしを加えたものです。

TBS Podcast

となりの雑談

雑談の人、桜林直子（通称サクちゃん）とコラムニスト、ジェーン・スーが毎回テーマを決めずに雑談しているTBSラジオのPodcast番組。2023年の番組配信直後からSpotifyのJapan Podcast Chartで5週連続1位を獲得。

毎週火曜日更新。

著作:TBSラジオ

制作：TBSグロウディア

ジェーン・スー

1973年、東京生まれ。コラムニスト。TBSラジオ「ジェーン・スー 生活は踊る」、ポッドキャスト番組「ジェーン・スーと堀井美香の『OVER THE SUN』」のパーソナリティとして活躍中。著書に『貴様いつまで女子でいるつもりだ問題』(第31回講談社エッセイ賞受賞)、『生きるとか死ぬとか父親とか』『おつかれ、今日の私。』『闘いの庭 咲く女 彼女がそこにいる理由』などがある。

桜林直子

1978年、東京生まれ。洋菓子業界で12年の会社員を経て2011年に独立。クッキーショップ「SAC about cookies」を開店(現在はオンライン販売のみ)。noteで発表したエッセイが注目を集め、ドキュメント番組『セブンルール』に出演。20年より「雑談の人」という看板を掲げ、マンツーマン雑談サービス「サクちゃん聞いて」を主宰。著書に『世界は夢組と叶え組でできている』がある。

イラストレーション　塩川いづみ
ブックデザイン　佐藤亜沙美

協力　刈屋瑛子　金井渉（TBS グロウディア）

過去の握力 未来の浮力
あしたを生きる手引書

2024年10月31日　第1刷発行

著　　者　ジェーン・スー　桜林直子

発 行 者　鉄尾周一

発 行 所　株式会社マガジンハウス
〒104-8003
東京都中央区銀座 3-13-10
書籍編集部　☎ 03-3545-7030
受注センター　☎ 049-275-1811

印刷・製本　株式会社リーブルテック

マガジンハウスのホームページ　https://magazineworld.jp/

ISBN978-4-8387-3296-8 C0095
JASRAC 出 2407597-401